# 黒河《コクガ》の汀《みぎわ》

新山順子

# 目次

# はじめに

私たちは、時間という不可視の流れの中で生きています。その流れは、時に穏やかに、時に激しく、人々の運命を翻弄しながら進んでいきます。本作『黒河の汀』は、その時間の中で交錯する記憶――「今はここにいない大切な人が未来へ繋ごうとした想い」を辿る物語です。

本作の主人公・山吉小雪は、祖父・栄一郎が遺した「中国の子どもに時計を渡したい」という最期の言葉と手記を手掛かりに、栄一郎の足跡を辿る旅に出ます。

祖父・栄一郎が生きた戦時下の黒河と、孫娘・小雪が訪れる現代の黒河。過去と現在、二つの時代が呼応しながら物語は展開していきます。

かつて関東軍の国境警備隊として黒竜江省の孫呉で過ごした栄一郎の記憶は、戦争の過酷さと、誰もが自らの意思を語ることをためらい、目の前の現実に従うことを優先せざるを得なかった受難の時代を静かに物語っています。小雪は栄一郎の過去を追うことで、自らのルーツと向き合い、歴史がどのように現在へと繋がっているのかを探ります。そしてついには、栄一郎が果たせなかった約束を知ることになるのです。

本作で描かれるのは、戦争の記憶だけではありません。小雪の旅が思わぬ方向へと進む中で、異国の地に刻まれた記憶、人と人との繋がり、愛情、そして未来へと受け継がれる思いまでもが浮かび上がっていきます。

小雪の旅は、不可視な時間に意識を向けて、かけがえのない今を力強く生きようとする試みでもあります。時代の大きな波に飲み込まれながらも、人々が築いた絆や希望、愛情が世代を超えてどのように伝えられてきたのか——本作は、そうした問いかけを内包した物語です。

本作を手に取ってくださった皆さまが、過去を振り返り、今を慈しみ、未来を想うきっかけとなれば幸いです。

▲中国黒竜江省・黒河

# 第一章　黒河にて　一

（二〇二〇年夏　小雪）

小型ジェットの機体が蒼穹《そうきゅう》に広がる雲海の中にストンと潜り込んだ次の瞬間、機窓に突然、田園緑地帯が広がった。広大な大地には、青々とした田畑がマス目状に広がり、まるで精巧なパッチワークのようだ。

西の地平線には、沈んだばかりの夕日の残影が低い積雲に滲み、さまざまな濃淡の紅が空に留まっている。そのぼやけた「水彩画」の下に、くっきりと黒い弧線が浮かび上がる。

川だ。川はまるで竜の背中のように、大きく何度も蛇行している。

主翼付け根の窓際席に座る山吉小雪は、身を捩《よじ》らせて機窓を覗き込んだ。その川をしっかりと観察したいのだ。けれど、翼に視界を半分遮られた小さな機窓では、激しくうねる川の姿を僅かな間しか捉えておくことができなかった。小雪は窓から川が完全に見えなくなると、体勢を戻して目を閉じ、座席の手すりを握った。

小型ジェットは、不意の横風に機体を取られそうになりながらも、眼下の竜に追随するかのように懸命に降下を続けた。小雪はつむった瞼の奥に軽い頭痛を感じるうちに、暗闇を悠然と泳ぐ竜が現れ、チラリとこちらを振り返った、そんな気がした。

中国の東北部・黒竜江省《コクリユウコウ》にある黒河《コクガ》空港は、二・五キロメートルの滑走路を持つ、ヘリポート基地サイズのこじんまりとした空港だ。小雪を乗せた小型ジェットは、玄関に車を横付けするかのように、ターミナルビルの直ぐ脇に停止した。

タラップを降りた三十名強の乗客たちは、夜の七時半でも未だに黄金色をたたえる美しい空には見向きもせず、足早に建物の中へと消えて行った。小雪は、異郷の壮大な夕焼け雲に目を奪われ、気がつくと駐機場に残った最後の乗客になっていた。

ターミナルビルに入ると、出入り口すぐの場所に、テーブルを二つ並べただけの簡易的な入境審査場がある。国際線への接続はなく、国内線の離発着が日に四本あるだけの空港だが、ロシアと隣接する土地であるため、外部からの人の出入りをチェックしているようだ。

テーブルには検査官である空港スタッフ二名と地元警察一名が座っており、乗客と思しき恰幅の良い中年女性と向き合って談笑をしている。女性は小雪に気づくと、横にずれて検査官の前のポジションを小雪に譲った。小雪は慌ててポシェットからパスポートを取り出して、中年の男性検査官に手渡した。

「YAMAYOSHI KOYUKI…日本人！　中国語は話せますか？」

検査官は驚いた顔で小雪を見つめた。もう一名の検査官と警察官、乗客の女性もつられて小雪に注目をした。

「少し、話せます」

小雪が中国語でたどたどしく答えた。

「今回、どうして黒河に？」

検査官はなおも興奮した様子で質問を続けた。

「旅行で、来ました」

検査官は、小雪のパスポートの顔写真と小雪を交互に何度も見た。そして、

「三十六歳？」

と、首を傾げて小雪に尋ねた。

「はい…」

小雪はうつむいて恥ずかしそうに答えた。イミグレーションで年齢を指摘されるのは初めてのことで、どのようにリアクションを取ればいいのかわからない。

「失礼、若く見えるということです。黒河に知り合いはいますか？」

検査官は小雪をからかって笑った。

「いません…」

小雪が今にも消え入りそうな声で答えた。

「滞在先は？」

検査官はパスポートを手に持って、少し前に身を乗り出した。

「黒河鉄道駅近くの漢庭酒店《ハンティンホテル》です」

「夏に黒河に来る日本人は殆どいません」

検査官は急に真剣な顔つきで小雪を見つめた。

「でも、冬はとっても寒いでしょう？」

小雪は子どもが言い訳をするように、検査官に言い返した。

「冬は黒河が凍るから、そこで車両試験をするんですよ。トヨタや、日産の日本人が来ます。あなたは、旅行？」

「黒河を見てみたくて…」

「楽しんで」

検査官は大きな瞳でギロリと小雪を見つめ、それからニコリと笑った。小雪は早く検査を通過したい一心で、愛想たっぷりに検査官に微笑み返した。

荷物をピックアップした小雪は、逃げるようにターミナルビルを出て、出発間際の空港バスに飛び乗った。添乗員に、予約したホテル近くまで行くか訊ねると、「二十元さえ払えば何処へでも行く」と言う。どうやら、このバスには決まった降車場というものがないらしい。

小雪はスピードを上げて走り始めたバスの車内をよろめきながら進み、後方にようやく一つ空き席を見つけて腰を下ろした。すると、通路反対側に座っている中年女性が、好奇の目で小雪の顔を覗き込んだ。

「ねえ、あなたって本当に日本人なの？」

どうやら彼女は空港の入境審査場で、小雪の前に並んでいた女性のようだ。

「ええ…」

そう答えた途端、周りの乗客が一斉に振り返って小雪に視線を向けた。

「へぇ。日本人って、肌が白くて、綺麗なのね。でも、どうしてそんなに中国語が上手なの？」

「おじいさんが中国人だから…」

小雪は小さな声で答えた。

「ああ、そういうこと。混血なのね」

中年女性と乗客達は、「混血」という答えを以って、見慣れぬ異国人への関心を一瞬にして失ったようだ。ロシアと中国の国境の街である、ここ黒河では、「混血」はごくありふれたことなのかもしれない。

小雪はようやく緊張から放たれて、おもむろに窓の外へと目をやった。日没から大分時間が経ったはずだが、空はまだ薄明だ。紅や紺が複雑に混ざり合い、至極の色と表すしかない、幻想的な色合いをしている。

それにしても、黒河に着いてわずか三十分だと言うのに、もう二つも嘘をついてしまった。

小雪は改めてその事実を確認すると、窓の外を眺めながら意味もなく右手指を握ったり開いたりした。普段、中学校教師という規範意識を常に求められる職業に就いている小雪にとって、嘘をつくということは、どんな理由であれ据わりが悪いのだ。

小雪が中国語を話せるのは、外大で中国語を専攻していたからで、小雪の祖父は中国人ではなく、日本人だ。おまけに、この土地で忌み嫌われる関東軍に属していた、曰く付きの日本人なのだ。そして、今回の旅の目的は、黒河を観光することではない。亡き祖父の生前の「思い残し」を果たすため、日本から約一日半の時間をかけて、一人でこの辺境の街までやって来たのだ。

バスは市内に入り、ロシアバロック調の建物が立ち並ぶ細い通りを何台ものタクシーを追い越しながら縦横無尽に進んでいく。運転手は、事故が自分のバスには決して起こらないと盲信しているかのように、大胆にハンドルを切る。途中、中央に時計台が建てられたラウンドアバウトをハイスピードで通過した際には、フランス映画『RONIN』のカーチェイスを見ている錯覚にさえ襲われた。

小雪はふと、道路脇に続くポプラ並木の先に川が流れていることに気がついた。飛行機から見た、あの黒い川だ。

黒河を東西に流れるこの川は、街と同じ「黒河」の名で呼ばれ、街の象徴《シンボル》であると同時に、ロシアとの国境線でもある。日本ではロシア側の名称である「アムール河」として広く知られている。

小雪はポプラ並木が途切れた瞬間に、目を凝らして黒河を観察した。飛行機からは黒い竜のように荒々しく見えた川は今、消えゆく夕焼けを湛えて静かに輝いている。じっと夜を待つ凪いだ水面は、丁寧に磨き上げられた銅鏡のようで、滑らかで奥深い幽玄な美しさをたたえていた。

川の対岸には、ビルや灯台といった街が見える。ガイドブックによると、黒河の河幅は平均して五百メートルほどしかなく、対岸にはロシアのブラゴベシチェンスクがあるそうだ。

黒河の街の看板にも、キリル文字の表記が多く見られる。目と鼻の先にロシアがあり、双方の行き来が比較的自由にできるため、ロシア文化が融合しているのだ。

乗客が一人、また一人と下車し、小雪はあたりが薄暗くなった頃、最後にバスを降りた。ひょっとして日本人なのでわざと最後に降ろされたのではないかと思ったが、地図を見ると、確かにバスターミナルに隣接する小雪のホテルだけが先の停車場より離れたところにあった。

フロントに着くと、「ケリー」と名乗る女性のフロントスタッフが、満面の笑みで小雪のチェックインに対応した。

ケリーは、身長が１８０センチ以上ある大柄の女性で、いかり肩がいかにも頼もしい印象だ。日本語が少し話せるらしく、日本人の予約があることを知って、小雪が到着するのを心待ちにしていたらしい。

「困ったことあれば、何でも私に、言ってください」

ケリーは事前に調べていたのであろう日本語の文章を、丁寧に小雪に伝えた。

「ありがとうございます」

小雪はケリーにお礼を伝えると、部屋がある八階へと向かった。

エレベーターにはロシア人らしき背の高い中年男性が二人乗り合わせた。時代劇の甲冑武者《かっちゅうむしゃ》が走っているような忙しい語調だ。小雪は、英語とも中国語とも異なる、普段耳にすることのない新鮮な響きを聞いているうちに、「いよいよ遠くまで来たんだ」という思いで興奮した。

ルームキーでドアを開けると、高揚から一転、安堵の気持ちが湧き上がってきた。一日半ぶりに、ようやくゆっくりとできる、一人きりの空間に辿り着いたのだ。

スニーカーを脱ぎ捨ててベッドに寝転ぶ。そのままグルリと目だけで部屋の中を見回してみた。簡素な造りだが、パソコンデスクもクローゼットもある。ティーテーブルの上に置かれたポトスは、蔓が床まで届きそうなほどに四方に伸びていて、これが部屋のアクセントとなり、なかなか洒落て見える。

小雪はしばらくベッドの上でストレッチをし、全身の筋肉のこわばりが解けたのを確認してから、フロント脇の売店で買った地ビール「ハルビンビール」を飲んだ。味が薄くて少し物足りない気もするが、日本のビールに比べてアルコール度数が低いので飲みやすく、乾いた喉を潤すのにはぴったりだ。ビールを飲みながらリュックサックの背中側内ポケットから布製のバインダーを取り出した。これが、今回の旅の道標となる、祖父・栄一郎が記した戦時体験に関する手記だ。
「わが青春の記録」と書かれたカバーを開くと、黄ばんだルーズリーフが数十枚束ねられている。その最初のページには、列の乱れぬ美しい文字でこう記されている。

悲しき青春の記録、人生は苦しきもの、そして儚きもの
青空に燕舞い、鈴蘭咲き乱るる春の孫呉《ソンゴ》
満天の星空の下進む夏の果てなき大演習
零下四十度の雪の中での国境の警備、そして、死
北満に在りし日、酔って唄いし君の歌は
若さに似合はず哀愁の香りが漂っていたが
君は黒河のほとりにて短くし
自らの生命の離れ行くを感じていたか

長き歴史の過ぎしあと、必ずや誰か知る
あの日、荒野での悲しみを、記し留めて後の世に伝えん

栄一郎は一昨年、九十八歳の大往生で亡くなった。詳しいことは聞けていないが、どうやらこの手記は太平洋戦争当時の日記を戦後三十年頃にまとめたものらしい。

小雪はこの手記の筆者である、父方の祖父・山吉栄一郎とその妻・瑞枝に育てられた。というのも、小雪が生まれてすぐに小雪の両親は離婚し、小雪の母は親権を放棄して家を出てしまったのだ。しかし、年がら年中家を空けている長距離トラックドライバーの父に、乳飲子の面倒が見られるはずもなく、おのずと、定年退職をしたばかりで、退屈しのぎに犬か猫でも飼おうかと平和な検討をしていた栄一郎と瑞枝に白羽の矢が立ったのである。

その後、小雪の父は故郷から三百五十キロも離れた東北の土地で新しい家庭を持ち、小雪とはほとんど顔を合わせることなく、小雪が中学二年生の時に肺がんで亡くなった。小雪が自分の父について覚えているのは、たまに送られてくる手紙の文字が、女性が書いたかのように美しかったことと、おそらく仙台の銘菓「萩の月」であろうカスタードの入ったスポンジ菓子が、子ども時代の小雪にとっては驚くほど美味しかったことだけで、顔はもうその輪郭すら思い出すことができない。

こうして図らずも六十代で「子育て」を再度やり直すことになった栄一郎と瑞枝は、小雪に惨めな

思いをさせないようにと、身なりを出来るだけ綺麗にして、若くあるよう努めた。二人はニュースや本をよく見聞きして学び、世事に明るいだけでなく、流行りの歌番組やバラエティー番組も貪欲に観て、その時代その時代の空気を楽しんだ。

栄一郎は、自分の家の庭先にやって来る、頭にぶち模様がある野良猫をゴルバチョフと名付け、それと対立する白猫をエリツィンと呼ぶような、文化的なユーモアがあった。また、瑞枝には、大相撲で皆が貴乃花・若乃花兄弟に夢中になる中、容姿端麗で注目される寺尾のわずかな勝ち星に大喜びする、少女のような無邪気さがあった。

周りの大人達は小雪に両親がいないことを知ると、きまって憐れみの視線を向けたが、小雪は自分を可哀想だとはちっとも思わなかった。快活で世話好きの瑞枝と、博識で思慮深い栄一郎との暮らしは、小雪にとって幸せな日々だったのだ。

小雪はこの愛すべき祖父母を少しでも安心させたい思いで、幼い頃から熱心に勉強をした。「これからの時代は英語と中国語を話せた方がいい」という栄一郎のアドバイスに従って国立の外大に進み、中国語を専攻した。就職も、一般企業という選択肢がある中で、瑞枝が理想とする職業である「教師」を選択した。

今から三年前の冬、栄一郎が亡くなるちょうど一週間前、年の瀬が迫った東京西部には初雪が降った。

埼玉県の公立中学で英語の教師を務めている小雪は、まさに「師走」というに相応しく、バレーボール部の顧問としての指導や期末テストの採点で忙しくしていた。しかし、それは栄一郎のお見舞いを怠っていた十分な理由にはならなかった。栄一郎の施設は家から自転車で十五分ほどの距離にあったのだから。

認知症の栄一郎に会っても従姉妹や叔母と間違えられることが多くなり、繰り返し同じ話を聞かされるので、正直なところ、どこかで煩わしさがあったのが実の理由だろう。

小雪は三週間ぶりの訪問の後ろめたさを拭い去ろうと、栄一郎の好きな葛湯を持って施設を訪れた。

「おじいちゃん、小雪だよ」

微睡みから醒めた栄一郎は、窓の外の雪景色には目もくれず、ぼんやりと天井を見つめていた。

「母さん、どうしたっけな」

母さんというのは、栄一郎の妻・瑞枝のことだ。瑞枝は半年前に心臓病で亡くなっていたが、親族達の配慮でその事実は栄一郎に伝えられていなかった。

「今日は雪が降って足元が悪いから、家で休んでいるよ」

小雪は居心地の悪さを感じながらも嘘をついた。

「ここら辺の雪は北満に比べたら、なんてこともないけどね」

「北満ってそんなに寒いの?」

「冬は零下四十度だから、寒いなんてもんじゃない」

栄一郎は卒寿を過ぎて認知症が進んでから、戦争に関する話をよくするようになっていた。生死を分ける体験は半世紀以上の時間が過ぎても尚、栄一郎の脳裏から離れないらしい。

栄一郎は葛湯を飲んで生気が増したのか、顔に血の気があり、いつもより饒舌で話を続けた。

「時計を、渡したい」

この半年、栄一郎が頻繁に口にするようになったセリフだ。

「時計って、例の中国人の子どもに？」

「三の山のすぐ近くの村なんだ」

「その村の子が、おじいちゃんの時計を欲しがったのね？」

栄一郎は上下に大きく喉仏を動かして葛湯を一気に飲み込んだ。

「あげたってよかったんだけど、吹雪に巻かれて壊れてしまって」

「遭難したの？」

「斥候《せっこう》に出て、四人で遭難したんだな。二手に分かれて助けを呼びに行こうとして、また道に迷って。林の中に入ってふと後ろを振り返ってみたら、雪の中に、銀色の大きなオオカミがいるんだよ。いつからか俺のあとをつけてたんだな」

「オオカミなんているんだね」

小雪が言った。

「立派なトウホクオオカミだった。オオカミってやつは賢いんだよ。俺が早く歩けば奴も早く歩く。ゆっくり歩けば奴もゆっくり歩く。ずっと一定の距離を取って、きっと、襲いかかるタイミングを狙っているんだな」

「怖い」

何度も聞いている話だが、栄一郎を喜ばせようと思い、小雪はできるだけ驚いてみせた。

「おっかなかった。噛み付かれないように、銃剣をぐるんぐるん体の周りに振り回しながら進んだよ」

「それで、村に辿り着いたのね？」

「村ってもんでもないよ。満州人の家がいくつかある集落だ。歩いている間は必死だから、気づかないんだな。着いてみたら手も足も凍りついて動きゃしない。ばったり倒れ込んで起きたら人の家の布団の中だった」

「それから？」

小雪がさも興味がありげに聞いた。

「目を開けたら、イタズラな小僧が俺の帽子を被って、腕時計をはめて遊んでるんだ。笑ったよ。そしたら今度は小僧の母親がびっくりして俺のところに飛んできた。小僧のやつ、帽子はすんなり脱いだが、母親から時計をもぎ取られて、不服そうだった。よっぽど俺の時計が欲しかったんだな」

「それで、その子に時計をあげたいの？　その子だって、きっともうおじいさんよ」

「母さんがどこにあるか知ってるよ。物置部屋の桐ダンスの中、薬箱をしまっている引き出しの中にある」

「時計が？」

これは初めて聞く話だ。

「UT2-YACHIOYOだよ」

栄一郎は戦後、親族が営む時計の部品メーカーで開発を担当していた。きっと、その当時製造に携わった時計だ。

「それっておじいちゃんが作った時計？」

栄一郎はコクリと頷くと、目を閉じて黙り込んでしまった。休まず話したので疲れてしまったようだ。

小雪は栄一郎のベッドのリクライニングをゆっくりと倒した。

「あんまり帰らないと、母さん俺が戦死したと思っちゃうな」

帰り際、眠りについたと思っていた栄一郎が不意に薄眼を開けて呟いた。

小雪はひやりとした。栄一郎は、自分がいる場所を理解し、長く瑞枝に会っていないことを知っていたのではないか。もしかすると、その一言は、瑞枝がすでに亡くなっていることを知った上でのユーモアなのではないか、そう思ったのだ。そして、奇しくもそれが小雪が耳にした栄一郎の最期の言葉となった。

＊＊＊

北の大地の朝は早い。午前三時過ぎから空が白んで、五時には明るい日差しをカーテン越しに感じる。小雪は五時半にセットしていたアラームが作動する三十分前にキャンセルして、身支度を始めた。

今日は栄一郎が戦時下に常駐していた黒竜江省の孫呉県へと向かう予定だ。孫呉県は黒河の中心地から南へおよそ百キロの位置にある人口十万人ほどの地方都市で、戦時下には多くの関東軍が駐屯していた土地なのだ。

黒竜江省・孫呉県と関東軍の歴史は深い。

一九三一年九月に勃発した満州事変をきっかけに、大日本帝国陸軍の第二師団と鉄道守備を務める六つの鉄道大隊を合わせた一万余の兵は、半年足らずで満州の全土、すなわち現在の中国の東北部の土地を掌握し、翌一九三二年三月に満州国が建国された。

満州国の建国に伴って、当時、清の十二代皇帝であった溥儀は、関東軍司令官・本庄繁にあてた書簡の中で、満洲国が今後の国防及び治安維持を日本に委託する旨を記した。

さらに、一九三二年六月の臨命第九十二号では、関東軍が東満《トウマン》の琿春《グンシュン》（現在の吉林省延辺朝鮮族自治州琿春市）から西満《セイマン》の大興安嶺《ダイコウアンリョウ》地区（現在の内モンゴル自治区の東部及び黒竜江省の西北部を含む原始森林地帯）を防衛することが定められ、これには孫呉県も含まれていた。

同年九月には、日満両国の間で日満議定書が締結され、満州国の領土及び治安の維持のために日本軍が満洲国に駐屯すること、その防衛の任を関東軍が担うことが、公式な決定事項となった。

こうして一九三二年の秋、先陣を切って約七百人の関東軍が黒竜江省孫呉県内に侵入し、孫呉県を西から東へ流れる遜別拉河《ソンベツラガ》の両岸に駐屯地を設立した。

その後、満州国とソビエト国境における最大規模の紛争であるノモンハン事件が起きた一九三九年には、孫呉の北から黒河沿岸区域が「特別軍事区」に指定され、北進政策を進める上での重要な拠点とみなされた。これに伴って孫呉県内の各地で開発が進み、対ソ連国境防衛を主要な目的とする多くの軍事施設が設けられたのである。

さらに、一九四一年六月の独ソ戦勃発を機に、ドイツに呼応して東西から挟撃する作戦の一つとして、また、ソ連にプレッシャーを加える目的を以て、大規模な増員政策である「関東軍特種演習」が満州全土で実施された。これによって孫呉に駐屯していた関東軍の兵士は、それまでの四万人から九万八千人にまで増員されたのだ。

もともと関東軍の司令部では、ソ連との決戦が起こった場合、黒竜江省の東部に配置されていた第三軍及び第五軍を主力戦力とすることを計画していた。そして、孫呉付近の防衛に務めていた第四軍も、有事には主力戦力の援軍を務める重要な軍であるとみて、選りすぐりの精鋭師団を孫呉に集結させていたのだ。

小雪の祖父である栄一郎は、一八八八年に編成された日本で最も古い陸軍師団の一つであり、かつ第四軍の最主力となる、第一師団に所属していた。師団はいくつかの連隊から形成されており、栄一郎は東京赤坂の歩兵第一連隊から出征して、孫呉においては、九八一部隊と呼ばれる部隊に属していたことが手記から分かっている。

かつては関東軍によって開拓された孫呉の街は、現在、農業や畜産を主要産業とする、中国のごく一般的な農村地帯になっている。そのため、小雪は孫呉を訪れるにあたって、日本語の検索サイトだけでなく、中国語のブラウザを駆使して街の情報を集めようとしたが、観光地はおろか、公共交通機関を利用した交通アクセスについても、詳細な情報が得られなかった。

結局、小雪は黒河のホテルに着いた昨夜、部屋に荷物を置いてからフロントでケリーに孫呉行きの列車の時間を尋ねた。

するとケリーは、黒河から孫呉までは鈍行で二時間ほどかかり、行きは午前九時半発の一本のみで、戻りは翌日の午前三時半発であることを小雪に教えてくれた。

小雪が孫呉へのアクセスの悪さに愕然としていると、ケリーは慌てて「高速バスがある」と付け加えた。バスは二時間毎に往復しており、六時半に始発が出るという。

午前六時十五分、小雪がバスターミナルに到着すると、孫呉行きの始発バスはすでに乗客でいっぱいだった。今日は週始まりで、黒河は孫呉より都市として発展しているから、週末を利用して黒河に遊びに出てきた人達が帰るところなのかもしれない、と小雪は思った。

運転手に乗車可能か確認すると、後部の座席はまだ空いているというので、小雪はバスに乗り込んだ。そして、通路を埋めている大きな麻袋をまたいで、車両の左手後方の窓際の席に座った。左手窓際でないといけないのには理由がある。栄一郎のいう、「三の山」がある方向をまず、肉眼で確認したいのだ。

バスは出発から十分もすると黒河と孫呉を繋ぐ国道・吉黒高速道路を走行した。窓の外には青く茂ったコーリャン畑が延々と続く。人や民家はほとんど見られず、時折平地に牛の群れが放牧されており、長閑な日本の田園風景のようにも見える。

やがてバスは農耕地帯を抜け、広大な原野へと入った。モミやトウヒといった高木の常緑針葉樹が点在し、夏であるにもかかわらず、どこか寂しく、厳しい風景が広がっている。

「針葉樹というのは、なぜこんなにも見る人の心を寒々しい気分にさせるのだろう」――小雪はそう思った。それは、細長く縦に伸びたシルエットのせいかもしれないし、群生すると、緑というより黒っぽく見えるからかもしれない。

針葉樹は、厳しい環境の中で少しでも多くの日光を取り込もうと、競い合うように上へ上へと成長する。そのため、背丈が高くなるのだという。

きっと、生き残りを懸けた過酷な競争が、その静かな佇まいの奥に潜んでいるのだろう。だからこそ、この風景には、どこか殺伐とした雰囲気が漂っているのかもしれない——小雪はそう解釈した。

通行車両の少ない国道を、バスはぐんぐん南下して行く。二時間で着くと見ていたが、四十五分でもう中間地点まで来たので、予想より早く着くかもしれない。栄一郎のいう「三の山」に最接近するポイントにも近付いてきた。

「三の山」。それはどうも、黒河市と孫呉県の境にある小興安山脈に属する「三架山《サンカサン》」のことらしい。孫呉県内には「三馬山」「三条山」など、他にも「三」が付く山があるが、栄一郎は「一と二と三の山がある」というヒントを残していたので、「一架山」、「二架山」と連なって並ぶ「三架山」にすぐ行き着いたのだ。

本で調べたところ、三架山は標高251メートルしかない小さな山だ。有史以来活動が見られない、所謂「死火山」で、形状は山の頂上がお盆のように窪んでいる。

吉黒高速道路を黒河から孫呉へ南下するルートでは、潮水《チョウスイ》という場所を通過する頃、三架山に最も近づく。GPSで確認すると、もう間もなくのはずだ。

とはいえ、山までは二十キロ近い距離があるので、水平線の視界限界が五キロ程度だと考えると、直接目で捉えるのはまず不可能だろう。

小雪は、辺りの雰囲気をぼんやりと捕らえられればいいくらいに考えていたが、こうして実際に近付いてみると、もしかして三架山が見えるのではないかという期待で緊張が高まった。

潮水から見えたのは、いくつかの丘陵だった。三架山がある東の方角には、地図で見ると三架山の手前に潮水山、団山などいくつかの山の名前が記されているのだが、山と思しきものは見えなかったのである。

そもそも、山と丘に明確な定義分けはなく、山が丘より高いとされている程度なのだから、小雪が丘だと思って見たそれらが、地図で示された山だったのかもしれない。

正直、拍子抜けした感はあったが、それとは別の視点で、じんわりと湧いてくる感動があった。

平野、丘陵、空。自然だけで形成されたありのままの景色は、きっと遥か昔から変わらずにここにあるのだと思った。栄一郎は、確かに七十五年前のその日に、この荒野の上に立っていたのだろう、小雪はそう確信した。

# 第二章　北孫呉駅にて

（一九四三年冬　栄一郎）

一九四三年十一月五日、山吉栄一郎は黒龍江省の北孫呉駅で軍の作業にあたるため、部隊の隊員およそ八十名を伴い、連隊本部から北孫呉駅を目指して歩いていた。

「第九八一部隊、山吉少尉は、連隊の各中隊より出された隊員を引率し、北孫呉の駅において貨車より石炭を下ろす作業を指揮すべし」という師団命令をつい二日前、突然にして受けたのだ。

朝八時に連隊本部前に集合して、北孫呉の駅まで五キロの道を、昨夜降ったみぞれで足下が悪い中、皮長靴を湿らせながら歩いて向かった。

途中、辰清河《しんせいがわ》にかかる橋を越えたところで、痩せこけた白い野良犬に会った。数個の長くぶら下がった乳は、犬が歩く度に揺れ、犬がお産を何度も繰り返した母犬であることを物語っていたが、かといって、周りに仔犬や仲間の犬は見当たらず、尻尾を垂らして寂しそうにトボトボと歩いていた。その姿が、郷里の東村山に残した母・富子と重なった。

三年前の一月、栄一郎が赤坂の第一師団に入営した朝、富子はまだ日の出る前に身支度をして台所に立ち、白米を土鍋いっぱいに炊いた。それから、昆布で丁寧にダシを取ってカラ芋のツルが入ったお味噌汁を作り、普段なら昼食で稀に食べる塩鮭を三枚も焼いて、アサリの佃煮、梅干しをちゃぶ台に並べた。

支那事変後の節米運動の流れで、米には豆や芋を混ぜて炊くことが全国的に奨励されていたが、混ざり物のない白米のご飯が好きな栄一郎のために、この日だけは特別に用意したのだ。

栄一郎は、炊きたてのご飯の甘い香りで目を覚まし、蜜に誘われた蜂のように居間に入って、二合の米をペロリと一瞬で平らげてしまった。それから、仏壇の先祖達に挨拶をし、神棚に手を合わせ、荷物を背負って玄関へと向かった。

以前に比べて随分と低くなったように感じる家の戸口に立って、「行って参ります」と、家の扉と同じように背丈が低くなった富子に頭を下げると、その声がしんとした家屋に響いて、栄一郎は妙に切ない気持ちになった。

栄一郎の二人の姉は嫁に出ていて、父は五年前に結核で他界しており、家には栄一郎と富子しか住んでいないのだ。

富子は、栄一郎の曇った表情をかき消すように、太もものあたりを横からポンと力強く叩き、「覚悟を決めて、精一杯勤めて来なさい」と、栄一郎を励ました。

駅の近くの諏訪神社には軍服を身にまとった若者たちが集まっており、栄一郎は一番先に名前を呼ばれて列の先頭に立った。

一行は点呼を終えると村長から激励の言葉をもらって神社を出発し、村を行進してぐるりと回って東村山駅へと向かった。

列が再び諏訪神社の近くを通る頃、栄一郎は顔を前に向けたまま、視線だけ横に向けて富子の姿を探した。

富子は、熱狂して手や旗を振る人の中にはいなかった。あとで人から聞いた話によると、神社の脇の樫の木のかげに身を隠して泣いていたらしい。

三年間の現役勤務で除隊することが決まっていれば、そのように涙を流す必要もないのだろうが、すでに戦争の中にあって、戦死ということの可能性を考えれば、ただの晴れやかな気持ちで息子を見送ることは、母としてとうていできなかったのだろう。

栄一郎は今、郷里に一人残した富子が、自分を想って伽藍《がらん》とした家で啜《すす》り泣く姿を思い浮かべた。するど、この目の前を行く孤独な母犬がひどく哀れに思えてきたのである。そこで、たまたまポケットに入っていた乾パンを、列の者たちに見つからないよう、そっと母犬に向かって投げた。

犬は立ち止まって近くに落ちた乾パンを鼻でクンクンと嗅いでみたが、決してそれを食べようとはしなかった。観察してみると、犬の体は痩せ細ってはいるが、積もりたての雪と同じように白く美しい毛並みで、その瞳は澄んでいた。

しばらく栄一郎と母犬は見つめ合い、それから、その場に立ち止まったままの母犬を残して、栄一郎は駅を目指して歩みを進めた。

駅に着くと、栄一郎は部隊に簡単な作業説明をした。

事前に号車の割り当てがされていたため、説明が終わると、皆、三々五々に散ってすぐに作業に取り掛かった。誰も無駄話をする者はなく、真剣に取り組んでいた。極寒の中での作業を早く終わらせてしまいたい気持ちは、皆同じなのだ。

列車から積み下ろしをする石炭は「泥炭《でいたん》」と呼ばれるもので、質が悪く、燃えにくい。麻袋の中を覗いてみると光沢がなく、大小不揃いの如何にも使えなさそうな泥炭が見えた。「やれやれ、こんな物を雪の中一日掛けて下ろすのか」栄一郎は心の中でそうつぶやいて作業に当たった。

朝はチラチラと舞っていた雪は夕暮れから大雪となった。結局、辺りが真っ暗になった夜七時ごろまで積荷の下ろし作業は続いた。昼に小休止で食べた豆入りの握り飯二個のエネルギーでは到底足りぬ仕事量で、作業を終えると皆口々に「腹が減った」とつぶやいた。栄一郎も、同じく腹をすかせていた。

「只々、寒い中ご苦労様でした。明日に備えてよく休むように。後は何も言うことはない、終わり」

栄一郎は、暗がりの中で隊員達にできるだけ端的に任務の完了と解散を伝えると、部隊の引率を下士官に頼み、同い年の伍長・渡辺憲一を伴って北孫呉駅ロータリーにある満州人が経営する食堂へと入った。

店内では、幼顔で皮膚は若いが薄毛である店主が気だるそうにテーブルを布雑巾で拭いていて、店仕舞いの最中といった様子だ。

ところが店主は、頭に雪をかぶった栄一郎と憲一が戸口に立っていることに気づくと、「進来進来《ジンライジンライ》（入って入って）」と言って奥のテーブルまで案内し、温かい白湯をコップになみなみと注いだ。

栄一郎は凍えきった手をコップで温めながら、片言の中国語で豚肉と白菜の水餃子、水煮の落花生、アヒル肉の燻製などを頼み、さらに、白酒《バイジウ》と呼ばれる強い蒸留酒の小瓶を二本注文した。

水餃子は内地にはみられないもので、軍人たちの間ではなかなか人気がある料理だ。

二人は熱々の水餃子をむさぼるように頬張り、何か一言話す度に乾杯をしてグラスを空にし、作業の完了をねぎらった。

それから栄一郎が今年の春、初年兵の受領で本土に帰ったことなどを話すと、渡満以来日本に一度も帰ったことがない憲一は、目を輝かせて話に聞き入った。

「内地も随分と変わったんだな。戦争が終わって無事に帰ってみたいけれど、いよいよ分からなくなってきた。物資も目に見えて乏しくなってきたし、皆どんどんと戦線に送られている」

「戦局は中部太平洋水域から本土沿岸へと移動しているからね。我々も近いうちにこの極寒の地を出て、南へ行くのだろうな」

「そうなったら、今度こそこの身で帰れるか分からない。アメリカは躍起になってグアムやレイテを攻めに来るよ。太平洋の要衝であるし、ついこの間までは自国の領土だったのだからね」

憲一はアルコール度数が五十度もある白酒をグラス一杯分一気に飲み干して、酒臭い赤黒い顔を栄一郎に近づけた。

「こんなことを将校の君に言うのもなんだけど、俺は正直、戦地で立派に戦い切る自信がないんだよ。この三年、軍人として具備すべき訓練は重ねて来たし、軍人精神ってやつも涵養《かんよう》してきたつもりなのに、全くの弱虫だよな」

憲一が肩をすくめて言った。

「どうしてさ」

栄一郎は、憲一のそういった軍人らしからぬ発言が自分と憲一の出世に隔たりをもたらしていることを、はっきりと認識していた。

栄一郎と憲一は三年前、二十歳で赤坂の歩兵第一連隊に入営し、同じ船で玄界灘を越えて満州に渡った。そしてここ孫呉で同じ初年兵教育を受けたのだが、翌年、栄一郎だけが連隊内部の幹部候補生試験に合格し、将校要員に選抜されて奉天《ホウテン》の陸軍予備士官へ入学することになったのだ。

栄一郎は八か月の過程を修了して直ぐに見習士官になり、今年の秋には少尉、しかも名誉ある連隊騎手に選ばれている。名実共に「青年将校」と言う訳である。

一方の憲一は、栄一郎の四つ下の階級である伍長に、先月ようやく昇進したばかりであった。

「俺は、死ぬのは怖くないんだよ。痛いのは嫌だなぁと思うけどさ」

「じゃあいよいよ実力が試されるって時に、なんだって戦う自信がないなんて言うんだい」

「戦うのは戦うさ。ちょっと話は遠回りになるけど、聞いてくれるかい」

「なるべく早くしてくれよ。この大雪だ。早く帰ろう」

栄一郎は外の雪が気になっていた。

「これは誰にも話したことがないんだけど、お前にだけは言うよ。俺には子どもがいるんだ」

「子どもって、お前は結婚もしていないだろう」

「小学校の同級生で節子という女がいて、その女が俺の入営直前に妊娠したんだ。戦争が終わって戻ったら結婚しようと思ってた。そしたら難産で死んじまったんだよ。子どもだけは生き残って、節子の親戚が和尚をしている、埼玉の入間川にある天真寺っていうお寺に貰われていった。たま子という名前の、女の子だそうだ」

「立派に戦い抜いて、大手を振って会いに行けばいいじゃないか」

栄一郎は憲一の突然の告白に驚きつつ、そう言った。

「会いになんて行けないよ。俺は節子の家の者からしたら、鬼畜米兵のような悪者だから。それに、なんだか俺はこのたま子って会ったこともない娘がこの世にいると思ったら、自分の役目は一つ終わったような気がするんだ」

「何を甘ったれた事を言ってるんだ。そのたま子って娘のために、日本をいい国にしたらいいじゃないか」

「それは俺だって思うよ。結局、戦争というのは本能に基づくというか、種族の発展と生き残りを懸けた戦いなんだから。最後の最後まで日本のために、次の世代のために尽力したいとは思う。ただね、自分の心のどこかで、さっき言ったように自分はタスキを渡したと思ってるところがあるから、ほんの一瞬の緊張が運命を左右するような時に、俺って奴は全力でそれにしがみつけない気がするんだ」

憲一はそう言って、どこか憂いを帯びた目でテーブルの上のグラスに手を伸ばした。そうして、すでに空になっていたグラスを口元で傾けた。

「いいかい、俺は上官として君に命令するよ。軍人勅諭だ。下級の者が上官の命令を承ること、実は直ちに朕が命令を承ることと心得よ。最後の最後まで戦い抜こう、そしてこの戦線を生き抜くんだ」

栄一郎は拳を握り締めて力強く言った。

「山吉、お前はさ、絶対に生き残らないといけないよ。これからの日本に必要な男だし、お前はまだ子どもを残していないんだから。お前の子どもはきっとまたその先の日本に必要な人間だよ」

憲一は意気地がないというよりは、頭に浮かんだ事をそのまま分別なく口に出してしまう素直な性格の男である。軍人教育に反するような思想を口にすることもあるが、本人にはこれっぽっちも悪気がないので、不思議と憎めない。

少尉になってからの栄一郎は、自分の意思というよりは上下官の目を気にして言動を選ぶことが多くなり、自らパフォーマンスじみていると感じることがままある。そして、そんな自分の方がよほど憲一より男らしくないような気がして、恥ずかしささえ感じるのだった。

栄一郎と憲一が店を出ると、雪は少し弱まっていた。二人とも酒で酔って気分が良くなり、時刻がもう遅いことなど御構いなしで、どちらからともなく大声で歌を歌った。

濡れた睫毛を閉じるとき
見える故郷　湖水の村よ
なれたあの路小馬に揺られ
越えて帰るはいつの日ぞ　いつの日ぞ

菊池章子の「湖畔の乙女」が、大合唱で夜道に響いた。先の見えぬ暗闇への恐怖と歌詞の悲哀さを掻き消そうとしてなのか、栄一郎と憲一は互いに競い合って声を張り上げて歌ったのだった。

# 第三章　孫呉駅にて

（二〇二〇年夏　小雪）

出発から一時間半、小雪は孫呉の駅に降り立った。「孫呉駅」という赤字の表札と四角い時計が付いただけの小さな駅舎が、コンビニの駐車場を少し大きくしたようなロータリーの中にポツンと立っている。黒河のホテルを出た時からずっとコーヒーを飲みたいと思っていたが、コーヒーを扱っていそうな店はまず見当たらない。

朝食を摂っていなかったので、特に何も考えず、ロータリーの端にある「北味餃子館」という店に入った。

店の中には先客が二人いて、饅頭《マントウ》（蒸しパン）に野菜の漬物を挟んだものや、ピータン入りのお粥を食べている。餃子館と謳っていても、メニューのバリエーションは豊富なようだ。

小雪は慣れた様子で注文をする初老の客を見習って、豆乳と油条《ヨウテャオ》（揚げパン）を頼んだ。油条は一度台湾旅行で食べたことがある。それから、どんなものかは分からずに、韭菜盒子《ジウツァイフーズ》（ニラのはさみ揚げ）も追加した。

粒が残る荒挽きの豆乳は、大豆の香りがしてほのかに甘く、体に染み込む優しい味わいだ。そこに、老人の見様見真似で油条を浸して食べてみた。

サクサクとした揚げたての油条は、豆乳を吸収すると油っぽさがなくなって香ばしさだけが残る。サクサクとしんなりのちょうど中間くらいで食べると絶品だ。

油条に遅れて運ばれてきたのが、子どもの顔くらいの大きさがある韭菜盒子だ。薄皮のパイのような生地の中に、たっぷりのニラ、炒り玉子、太めの春雨が刻まれて入っている。日本で食べる揚げ餃子よりもずっと薄皮なので、具の主張が強く、ニラの風味が存分に楽しめる。

お腹がいっぱいになり、小雪は大満足で店を出た。ロータリーには数台のタクシーが停まっているのが見えたが、まずは街の様子を知ろうと思い、歩いてみることにした。

小雪がスマートフォンで位置確認をしていると、正規のタクシーではない黒いセダンがゆっくりと近づいて来た。明らかに土地慣れしていない小雪を客として取ろうとする白タクのようだ。小雪は足早にロータリーを離れて、乗車の意思がないことを態度で示した。

最初の目的地は、栄一郎の駐屯地があった北孫呉村だ。タクシーでは十分程度で行けるはずだが、歩けば五十分はかかる。小雪は黒いセダンが見えなくなったのを確認してから、屈んでスニーカーの靴紐をきつく結び直して、交通大街《ジャオトンダージエ》という大通りを北東に進んだ。

孫呉は農機産業が盛んなためか、通りの店には大型の農耕機械がずらりと並んでいる。赤、緑、黄色に塗られた巨大なトラクターは、子ども向けの戦隊アニメに出てくるロボットのようだ。その隣に置かれた真っ赤なハーベスターは、七つのカッターを備えており、海中から出てきた怪物のようにも見える。

やがて、バラック小屋のような侘しい民家が立ち並ぶエリアを経て、目の前には広大な野原が広がった。それはバスの車窓から見た、遠くに丘陵がある原野風景だった。

炎天の中、日陰のない一本道を進んできたためか、小雪は軽い目眩を覚えた。そこで辰清河にかかる橋の袂に着き、一度給水をすることにした。ところが、腰を下ろして三十秒もしないうちに顔中に無数の羽虫がひっついて来て、小雪はペットボトルの水を一口だけ飲んで、仕方なくまた歩みを進めることにした。

よく見れば、辺り一面、蝶やトンボ、様々な昆虫が飛び交っている。草花と水に恵まれた原っぱは、昆虫達の楽園なのだ。そして、その野原の上に広がる雲一つない青空には、昆虫達の捕食者であるツバメが大群で飛び回っている。ツバメ達は短い夏を謳歌するかのように、ヒラリヒラリと楽しそうに旋回を続けていた。

やがて小雪は目的地である「北孫呉村」と書かれた青い標識にたどり着いた。村といっても民家は見当たらず、代わりに標識の右手前方に赤煉瓦の洋館が見えた。「孫呉県日本侵略罪証陳列館」と呼ばれる施設で、孫呉周辺における関東軍の侵略行為に関する資料や物品を展示している場所だ。栄一郎がかつて利用したであろう、旧・関東軍将校クラブ会館が展示館の一部として使われている。

小雪は日本人である後ろめたさを感じながらも、せっかく孫呉まで来たのだから、栄一郎に関することや戦争について学ぼうと、意を決して門をくぐった。

ところが、チケット売り場には一人も係員がいない。途方に暮れてゲート入り口の置き看板に目を落とすと、「月曜休館」と書いてある。休館日も調べずに約一時間の道のりを歩いて来てしまったというわけだ。

小雪はがっくりと気を落としてシラカバの木の下の丸太椅子に腰を下ろした。すると、頭の上に何か柔らかい小さなものがぶつかって土の上に転がり落ちた。

目を凝らしてみると、それは、丸々と太った赤褐色の幼虫だった。幼虫は体をグルンと捻って体勢を戻すと、得意げに尻を上げてヒョコヒョコと歩き出した。モンクロシャチホコ、俗に言うシリアゲケムシだ。昔、栄一郎が庭で大切に育てていた桜の木をひと冬で丸裸にしてしまった害虫なので、よく覚えている。

ボトリ、ボトリ。今度は小雪のすぐ傍に二匹続けて落ちてきた。そして、小雪が堪らず木のそばから走り去った、その時だった。

路傍で「パン、パン！」と高いクラクションが二回鳴った。駅で警戒した、あの黒いセダンだ。セダンの運転手は今度こそは逃すまいと、小雪の進行方向を車両で塞いだ。

「今日は休館日だよ。どこへ行くんだい」

運転席から顔を出して男が小雪に声をかけた。無視をしようと思ったが、駅までの道は遥か遠い。男の様子からして、きっとしつこくついて来るだろう。

小雪は悩んだ。今日の予定では、北孫呉村を一通り眺めたら、孫呉駅に戻ってタクシーを半日貸し切って三架山の辺りまで行き、集落がないか確認して黒河へ戻るつもりだ。

三架山は黒河と孫呉、どちらからも同じくらいの距離にある。今日、自分で集落の場所の目星をつけたら、明日以降、黒河で旅行ガイドを雇い、数日かけて車で集落に通って、時計の渡し手を捜索するつもりだ。

とはいえ、中国の滞在期間は一週間と限定されている。今日中に集落の位置について検討がつくかどうかも疑わしい。もしこの白タクが正規のタクシーと同じような金額で貸し切りに応じると言うのなら、駅までは戻らずにこのままこの運転手にお願いをしてもいいのではないか、時間短縮のためにも。

小雪はそう考えたのだ。

「三架山の辺りまで行きたいのだけど、半日車を貸切たいの」

「何だって三架山へ？　貸し切りは問題ないよ。六百元でどうだい」

男は吹っかけることなく、相場通りの金額を提示した。中国の田舎ではボラれることが多いと聞いていたので、小雪は男のことを比較的信用ができる人間だと思った。

「五百元でどう？」

「仕方ないな、いいよ。引き受けるよ」

交渉が成立し、セダンに乗り込もうとした時、不意に強い横風が小雪をさらった。風はシラカバ林の方から、小雪を引き止めるかのように吹いた。小雪は一瞬そちらを振り返ったが、男に急かされてすぐさま後方座席に乗り込んだのだった。

# 第四章　四季闇《シキコウ》にて　一

（一九四三年冬　栄一郎）

一九四三年十二月二十二日、栄一郎の所属する九八一部隊の第二大隊は、孫呉県北東部の四季闇《シキコウ》という場所で雪中行軍を実施していた。

翌二十三日の夕方、栄一郎は伍長の憲一と兵二名を伴い、小パーティーを組んで部隊を出た。パーティーは四季闇から北上し、黒河を挟んで対岸にあるソビエト軍基地の敵状を偵察するポイントへ向かった。

零下三十度、体の全ての感覚が奪われる寒さは言語に絶し、二十キロは優にある重装備が体力をどんどんと奪っていく。

栄一郎はこの時、自分が三年前に参加した初年兵教育の際に雪中で実施された歩哨《ほしょう》訓練を思い出していた。二年兵や助手が假設敵《かせってき》として初年兵の遥か前方に現れ、それをどの位の距離で発見できるか、また、その人員は何名くらいであるかを把握する、歩哨としての任務を学ぶための大事な訓練である。

当時、渡満間もなかった栄一郎の心はピンと張りつめ、やる気に満ち溢れていた。出発の直前に皆で歌った第一師団の師団歌も、士気を高めるのに十分な役を担った。

吹雪に明けて又暮れる
北満洲の国境
極寒零下四十度
命も何の国の為
護る関東健男児

ところが、いざ野外訓練に出てみると、到底内地では体験したことのない、想像を超えた寒さに絶句したのだ。

こんな土地でソ連軍が攻めて来たら、自分は戦えるのだろうか。歩くことさえままならないじゃないか。きっとその思いが顔に出ていたのであろう。指導教官である高崎少尉は皆の前で栄一郎を呼び止め、頬を二発殴った。

「山吉、ぼうっとするな」

厚い防寒手袋でビンタはうまく入らなかったが、栄一郎の胸には十分応えた。初年兵の中でも上官たちから注目され、可愛がられている自負があったので、常に出来るだけ期待に応えたいと思っていたのだ。それなのに、ちょっと寒さに巻かれたらこのざまだ。

今や少尉となった栄一郎は、当時の羞恥心を懐かしく思い出し、臼歯をグッと噛み締めて前進した。口達者な憲一も、流石に今日は愚痴の一つも言わずに黙ってついて来ている。口を開けたら、今にも口の中の水分が凍ってしまいそうだからかもしれない。

黒河が派川に分岐する地点が偵察の予定地だったが、真冬の黒河は凍てつき、雪で覆われてその流れがどこにあるのか皆目見当もつかない。

本来ならば川のたもとに「国境地帯ニツキ、軍命ニアラザル者ハ何人タリトモ立入ヲ禁ズ」と国境線への侵入禁止を警告した布告看板が立っているはずであるが、雪に埋もれてしまったのか見当たらない。誤って領土侵犯すると大変なことになるので、栄一郎は辺りを警戒して進んだ。

ところが、兵の一人、田中康太が急に立ち止まって、そのまま動けなくなってしまったのである。

康太は今年の春に十九歳で歩兵四十九連隊に志願して入隊した初任兵で、山梨の甲府出身だ。山育ちで寒さにはめっぽう強いはずだが、何せ体が１５８センチメートルと小柄で、ひょろひょろとやせ細っている。入隊する前は自転車の組み立て工場で作業員をしていて、戦争の金属供給で工場が廃業し、しばらく路頭に迷っていたそうだ。元々栄養状態がよくないので、この寒さと連日の演習で参ってしまったのだろう。

栄一郎は康太の背嚢《リュック》を下ろして、もう一人の兵隊、木村俊朗に背負わせた。俊朗は歩兵五十七連隊に属し、千葉の佐倉出身だが、父親のルーツは九州の熊本だ。康太と背丈はさほど変わらないが、体力があり、よく気が利いて機敏に動き回り、威勢も良い。

前進を諦めた栄一郎は、ひとまず撤退とし、康太を憲一と一緒に気遣いながら何とか歩かせようと試みた。低体温症の疑いがあったので、歩かせることで体温を下げないようにしようと考えたのだ。

ところが、二十メートルほど後退したところで、康太はもうどうにもこうにも動けなくなってしまった。そこで憲一と相談し、康太を寝袋に入れて引っ張り、一時的にビバークできる場所を探すことにした。

辺りはやがて猛吹雪となり、広大な平野は吹きさらしで隠れるところがない。栄一郎は仕方なく適当な場所に留まって、円匙《えんぴ》（軍用携行用シャベル）で雪洞を掘ることにした。

「おい、銃剣で地面を掘るとは何事だ」

歩兵銃の鞘部分で雪を掘り始めた憲一を、栄一郎は叱咤した。どうやら円匙の柄が折れたらしい。

「壊れたんだから、仕方がないでしょう」

憲一は悪びれもせずに答えた。初年兵教育で武器を命よりも大切に扱うように教え込まれた俊朗は、上官の倒行逆施《とうこうぎゃくし》に当惑し、考えあぐねて地面に落っこちていた憲一の円匙の刃を拾い、それを使って犬のように雪面を掘り出した。そして、憲一には壊れていない自分の円匙を手渡した。憲一は銃剣を雪に突き刺すと、無言で誰よりも熱心に穴を掘った。

栄一郎は知らぬふりをして作業を続けた。

雪洞は主に憲一の頑張りによって、およそ一時間で完成した。

まず、康太を出来るだけ奥に入れて、予備用の防寒具などで体を保温した。誰も皆疲れ切っていて、無言のまま思い思いに乾パンや甘納豆を取り出して口にした。

栄一郎は背嚢の奥にしまっていた朝鮮飴を取り出して、他の者に振る舞った。東京・板橋の叔父一家が九州に疎開をしていて、先月送ってきてくれたものだ。もち米とねり飴を練り合わせた飴菓子で、モチモチとした独特の食感がたまらない。栄一郎の大好物で、叔父の直哉は物資不足の中どうにか工面して、一ダースも送ってきてくれたのだ。

「これ、自分の親父の故郷の特産品です」

俊朗が嬉しそうに言った。九州の銘菓であることは知っていたが、熊本のものだとは知らなかった。

「内地に戻ったら、腹一杯食べたいなぁ」

俊朗は朝鮮飴を大切そうに口にふくんだ。

「虫歯になって、他の歯まで抜け落ちるぞ」

俊朗は上の前歯が一本欠けている。憲一は俊朗を茶化して頭を小突いた。

やがて、康太と俊朗は家猫のように体を丸めて眠ってしまった。寒さでなかなか寝付けない栄一郎と憲一は、声を潜めて会話をした。

「それにしても戦争ってやつはさぁ、人間が生き残るため、もっと豊かになるためにしてるはずなのに、こんな毛布の一つもない寒い所にやって来て、ろくな飯も食えず、今にも凍え死にそうで、可笑しな話だよなぁ」

憲一が手套を擦りながら、しみじみと言った。

「戦争に勝ったら、あったかい布団に包まって、アメリカ人みたいにステーキ食べて暮らせるようになるよ」

栄一郎が言った。

「俺は、ステーキは良いから、カレイの煮付けが食べたいよ。結局、日本人は日本人だし、アメリカ人はアメリカ人なんだよ。満州人だって、いきなり日本語を教えられて、味噌汁飲んで日本人になれって言われたら、そりゃ困ってしまうだろうなぁ」

栄一郎は憲一に返す言葉が見つからない。自分も、ステーキよりはカレイの煮付けを食べたいと思ったのだ。憲一が話を続けた。

「みんな好きな食べ物が違うように、それぞれの正義も違うから、困ってしまうよな。食べ物は仕方ないとして、せめて正義くらいは同じだったら、ドンパチやらないで済むのに」

「じゃあ、君が考える正義って何なんだい」

栄一郎が憲一に訊ねた。

「いつ如何なる時でも、誰の身に起きたとしても、それが正しいと思える行為ってことじゃないかなぁ」

「何だか君は哲学者みたいだよな」

「哲学的というほどでもないけど、俺はさ、表には見えない、隠れている悪に注意深くありたいって思うのよ。子どもの頃、近所の寺の木の陰で立ち小便をしていたら、和尚が賽銭箱から賽銭を取り出しているのが見えたんだ。それを頭陀袋に入れていたから、どこに行くのかと思って後をつけたら、寺の中に賭場があって、和尚もそこで一緒に手本引きをやり出したんだよ。それ以来、疑問を持ったことについては偉い人の話を鵜呑みにするんでなく、自分の頭で考えるようにしてるんだ」

「君の話は、本当に面白いね。よくもまあ頭がくるくる回るもんだ」

「くるくるって言われれば、何だか本当に頭がくるくるしてきたな。俺たちも少し休もうか」

「ああ、明日になればきっと雪も止むさ」

栄一郎と憲一は、狭い雪洞の中で、恋人のように体を寄せ合って眠った。

翌朝になっても、天候は好転の兆しが見られない。

更に事態は悪い状況に陥った。康太だけでなく、雪中作業で精を出した憲一にまで、低体温症の兆候が現れ始めたのだ。

「吹雪が落ち着いたら、救援を呼んできてくれないか。こいつも俺も、もうとても動けそうにない」

憲一は栄一郎に応援部隊を呼ぶようお願いした。憲一と康太を置いてこの場を離れることは気が引けたが、体重が五十キロ以上ある二人の成年男子を担いで避難すれば、自分達の体力も持たなくなるかもしれない。

吹雪が少し弱まり、日が南東方向に一瞬顔を覗かせた頃、栄一郎は意を決して俊朗を伴って雪洞を出た。

出発間際、栄一郎は自分の羊毛のセーターを一枚脱ぎ、憲一に渡した。憲一は「いい、いい」と頑なに断ったが、無理矢理憲一の懐の中にねじり込んだ。

「例の弱音なんて、絶対によしてくれよな。隊員の大事は俺の責任になるのだから。直ぐに戻ってくるから、残りの朝鮮飴でも舐めて大人しく待っていてくれよ」

栄一郎が憲一に言った。

「あれは美味いけど、歯に引っ付いてたまらん」

「忍者の兵糧丸じゃないが、不思議と一粒食べると元気が出るんだよ。だから、その飴さえ舐めとけば、大丈夫だ」

「わかったよ。お前たちも気をつけろよ」

栄一郎は零下三十度の寒空の下、気の遠くなるような雪原を進んだ。真っさらな白紙に、何を描くか決まらないまま筆を下ろした気分だ。筆の進むべき方向は定めがつかないが、だからと言って、いつまでもそこに留まっていることはできない。

まずは、錆びついたコンパスを頼りに、四季闇を目指そう。這ってでもたどり着いて、憲一と康太のために援軍を呼ぶんだ。すかしたことばかり言う憲一の奴は、立派な父親にしてやらないといけない。たま子という娘の顔を、あいつに見せてやるんだ。

少し進むと驟雪《しゅうせつ》がまた二人を襲った。栄一郎は残された体力を振り絞り、中隊の露営拠点がある四季闇を目指して、必死に前進を続けた。

# 第五章　腰屯村《ヨウトンソン》にて　一

（二〇二〇年夏　小雪）

小雪を乗せた白タクは、県道一八五号を東へ、時速八十キロ以上で猛スピードを出している。王と名乗る運転手の男は、ロシア人の祖父を持つクォーターなのだという。そう言われてみれば、瞳の色は明るいチャコールグレーで、瞳孔の周りには波紋のようにアンバーが入っている。目鼻立ちもはっきりとしていて、漢民族らしくない顔立ちだ。歳は五十歳くらいに見えるが、子どもがまだ小学生だというので、もしかするとそれよりずっと若いのかもしれない。

王の運転は荒く、前方から対向車が来ていてもお構いなしに、無理に反対車線へはみ出しながら追い越しを繰り返している。小雪はそのたびにヒヤリとしていた。

「ねえ、もう少し安全に運転できない？」

小雪は、急な右ハンドルのせいで体勢を崩しながら王に抗議した。

「安全？　これ以上安全にしようがないよ」

「いつか事故を起こしてしまいそうで、怖いわ」

「それは、あんたが心配することじゃないよ」

王は鼻でフンと笑った。

車内には、陽気な歌謡曲が流れている。どこかで聞いたことがあると思ったら、平成初期にヒットした大事マンブラザーズバンドの「それが大事」のメロディーだった。

「紅日《ホンリー》っていう歌だよ。日本の曲が元なんだろう?」

「そうね。でも、こっちの方が原曲よりずっとアップテンポだわ」

機嫌良く鼻歌を歌う王は、サビメロディーのテンポがどんどん速まるにつれて、車をさらに加速させていく。そして、再び無理な追い越しをして、あわや対向車と正面衝突しそうになったのだ。

「危ない!」

思わず小雪が叫んだ。王は慌ててハンドルを切り、ブレーキペダルを全力で踏み込んだ。車体が大きく前のめりになり、小雪の鎖骨にシートベルトがグッと食い込んだ。

気づくと車は半ば車道を外れ、農地に乗り上げていた。

「危ないってば!」

小雪は怒りを込めて言った。

「今のは、ちょっとやり過ぎた」

さすがに王も緊張したのだろう。引きつった笑みを浮かべている。王は車を路肩に停め直すと、タバコを取り出して火をつけた。気を鎮めようとしているらしい。

一服終えた王は、さらに助手席に置いてあった小分けの小さな蒸しパンをむしゃむしゃと食べ始めた。小雪が無言で出発を待っていると、王は乱暴に菓子パンの一つを掴んで、小雪に投げて渡した。

やがて王はペットボトルのお茶を一気に飲み干してから、いよいよ仕切り直しといった様子で、後部座席に座る小雪の方を振り返った。

「この先の腰屯山の辺りにも、小日本《シャオリーベン》（日本人の蔑称）がいたんだよ。少し寄ってみないか」

小雪は王に、「自分は日本から歴史研究のために来た研究者の卵である」と伝えてあるので、王なりの配慮らしい。

車は、腰屯中心学校という小中学校があるT字路を右折して脇道に入った。舗装が不十分な道が続いて車がガタガタと揺れ、小雪はスマートフォンのGPSで自分の所在地を追うのを諦めて窓の外に目をやった。

遠くに、山脈を抱いた農耕地が広がっている。耕作放棄地と活用中の農地が入り混じっているせいか、どこか不恰好で、真夏の午前中だというのに寂寥感が漂っている。

コンクリートの道路が土道になったところで、群れからはぐれたのだろうか、一頭の薄汚れた羊とすれ違った。自由を手にしたはずの羊の顔は、今にも泣き出しそうな悲しみに満ちている。この車に荷台があるならば、拾ってあげたいくらいだ。やがて羊の後ろ姿が完全に見えなくなり、細い一車線の山道に入って少し走ったところで、車が急に停止した。

「降りるんだ」

エンジントラブルだろうか。小雪は王に言われるがまま車外に出て車の方に目をやった。すると、真っ白な無地のナンバープレートが目についた。どうやらプレートにはシールが貼られているようで、そのナンバーを確認することができない。

嫌な予感がした。次の瞬間、小雪は自分の置かれている状況をようやく理解した。王はトランクから一メートルは優にある太い鉄パイプを取り出して、小雪の方に歩み寄ってきたのだ。

「さあ、携帯と財布を出すんだ」

王は鉄パイプを床に突き立てて、その上に両手を重ねて乗せた。初めから、小雪を恐喝するつもりで車に乗せたのだろう。

「……携帯がなくなると困るわ。通報しないから、お金だけにして」

小雪は心臓が高鳴るのを必死で抑えながら、完全不利な自分の立場を受け入れて、王に赦しを請うことにした。

「ダメだ、早く出すんだ」

王は小雪の懇願に応える気はないようだ。それにしても、あまりに不用心過ぎた。中国語が話せることで、慢心があったのかもしれない。知らない土地で、女性で、しかも一人きりで行動しているということをもっと意識すべきだった。それに、辺りには警察はおろか、地元民もいそうにない。羊に出逢ったのだって、一キロは先だ。

王は余裕の表情で、鉄パイプをトントンと地面に打ちつけて小雪を急き立てた。

小雪はすっかり諦めることにして、しぶしぶとジーンズのバックポケットからiPhoneを抜き出し、王に渡した。

そして、リュックサックから財布を取り出した。財布には人民元が三千元（約六万円）弱入っているはずだ。昨日、ハルビンでトランジットした際、日本円十万円分を両替して、三千元をこの携帯用の財布に入れたのだ。救いなのは、クレジットカード類は全てホテルの金庫に置いてきたことだった。三千元は、この地域ではひと月の収入を上回る金額のはずだが、これが自分の命の値段になるなら安いものだと、小雪は自分を慰めた。

王は百元札を全て抜き出し、薄汚れた灰色のスラックスのポケットに無理矢理ねじ込むと、小銭と十元札を数枚残した財布を小雪に返した。小雪の避難経路を完全に断つ気はないらしい。緊迫した場面だが、さすがに殺されるということはないようなので、ひとまず安心した。

「他に高価なものはないのか。パソコンとか」

王が獣のような冷たい瞳で小雪の顔を覗き込んだ。

「もう何も貴重なものは持ってないわ」

小雪は目を逸らして王に言った。

その言葉通り、小雪は貴重なものをこれ以上所持していなかった。ノートパソコンもiPadも、運よくホテルに置いてきたのだ。

それでもまだ諦めがつかない王は、小雪からリュックを奪い、自分で中身を確認しだした。いくら見てもらっても構わない。もう何も値打ちがあるものはないのだから。小雪は明らかな敗勢の中で、少しだけ強気になって、王の様子を眺めていた。

「これはなんだ」

王は小雪のカバンから小さな包みを取り出した。小雪の顔色が一瞬で真っ青に変わった。

王がイライラしながら何重にも重なった緩衝材をはがしていくと、中から金色の腕時計が顔を出した。王は、目を大きく見開いて金色の腕時計を満足気に見つめると、百元札でパンパンになったポケットにそれを押し込んだ。

「待って、それは亡くなったおじいさんの時計なの」

「形見」という中国語が思い出せない小雪は、知っている単語を並べて王に懸命に訴えた。この時計を失ったら、旅そのものの意味がなくなってしまうのだから。

「私はおじいさんに育てられて、その時計は死んだおじいさんが私に唯一残してくれた大切なものなの。だから、それだけは返して。お願い」

小雪は王の良心に響くのではないかと思われる言葉を紡いで懇願した。今、王が小雪の身ぐるみを剥がし、山奥に捨てようとしていることは間違いないが、王は、僅かではあるが小銭を小雪に残して解放しようとしているのも事実だ。そんな男なら、話せば分かるはずだと小雪は思ったのだ。

「ダメだ。お前はウィーチャットもアリペイもないんだから、金にならない。だからこの時計は貰っていく」

中国で普及している電子マネーを小雪が使えないことを指摘しているらしい。

「お願いします。その時計は何十年も前のものだし、お金になんてならないわ」

王は小雪を無視して、ほぼ空になったリュックを地面に投げ捨てて、その場を去ろうとした。その時、二人のすぐ傍の茂みがガサガサと音を立てて揺れた。

小雪は野生動物や野犬ではないかと思い、咄嗟に身構えたが、茂みの中には、こちらをじっと見つめる一人の男がいた。

王がたじろいで後退りすると、茂みから痩せこけた男が姿を現した。

男は地元民なのだろうか。しかし、どうも様相がおかしい。男は、黄土色の、まるで関東軍の軍服のようなジャケットを着ているのだ。

「鬼子《グイズ》?」

王は驚きで完全に毒気を抜かれている。王がいう「鬼子」というのは日本人、主に日本軍人に対する究極的な蔑称で、日本語の「鬼畜米兵」のようなニュアンスだ。確かに、茂みから出てきた男は、身なりからして日本の軍人のように見える。

王はじりじりと後退りした。日本人である小雪を襲ったところ、タイミングよく日本の軍人らしき男が目の前に現れたのだから、王が驚くのも無理はない。小雪だって混乱している。

軍服を着た男は、王が握っている鉄パイプと、地面に投げ捨てられたリュック、小雪の顔をゆっくりと順々に見た。そして、突然、近くに落ちていた木の棒を拾い上げて王に向かって襲いかかったのだ。

恐怖に震える王は、持っていた鉄パイプで応戦することなく、ただ身を避けて男の攻撃をかわした。男は、王に命中できなかった木の棒をまたゆっくりと振りかぶった。王はすっかり怖気づき、鉄パイプを地面に投げ捨てると、運転席に逃げ込んで車を急発進させて去って行ってしまった。

こうして山間の路傍には、小雪と軍服の男だけが残された。

男は残留軍人なのだろうか。小雪は混乱した頭で、必死に考えた。

しかし、終戦からは今年で七十五年経っており、フィリピンで最後の残留日本兵が発見されたのも、今からもう半世紀近く前の話だ。そんなことがあり得るわけがない。そもそも男は五十そこそこに見える。となると、男は生身の人間ではなく、幽霊か、幻覚なのだろうか。

「おい、大丈夫か？」

男は小雪に近づき、中国語で話しかけた。その声は掠れているがはっきりとしていて、幽霊の声には相応しくない生きた音の響きがあった。

「私は日本人です」

小雪は男が日本人であるか確認するために、わざと日本語で男に話し掛けた。男はギョッとして、「日本人？」と、中国語で返した。日本語は話せないようなので、やはり中国人なのだろう。

困った表情の男が、遠くを指さした。その先には、オート三輪が停めてある。どうやら「乗れ」ということらしい。

男は木の棒を投げ捨てると、代わりに落ちていた鉄パイプを拾って杖にし、オート三輪の方へ向かってよろよろと歩いた。男の背負っている籠には、野草がぎっしり入っている。服装こそは変わっているが、ただ野草取りをしていた地元民なのかもしれない。

ひとまずこの男を頼って平地へ出よう。小雪は男に促されて、オート三輪の荷台に乗り込んだ。

# 第六章　四季鬧にて 二

（一九四三年冬　栄一郎）


一九四三年十二月二十三日、ビバークポイントに憲一と康太を残した栄一郎は、救助を呼ぶため俊朗と共に中隊の露営拠点を目指して進んでいた。寒さと疲労で、体力はもはや限界に達していた。

俊朗は栄一郎を気遣い続け、少し歩く度に自分達が進んでいる方向が正しいことを栄一郎に報告した。俊朗は初年兵だが実に頼もしく、同行が俊朗で良かったと栄一郎はつくづく思った。

軍に戻ったらどんな叱責を受けるか考えると、栄一郎は気が滅入った。しかし、雪中行軍を行う前から、大隊として今回の大寒波と悪天候は予測できていたはずだ。

そもそも、こういった演習は師団の計画によって連隊に指示が出て、連隊長がどの大隊に実施させるかを選ぶ。選出方法に関しては、大隊長が新任であったり若かったりすると、割りを喰うことが多い。実際、栄一郎の所属する第二大隊の大隊長である今川徳成も、陸大を出て二年の新米である。

大隊長は実施にあたっては計画表を作成し、その結果は連隊長を経由して師団へ報告されるため、本人としても張り切らざるを得ない。こうした背景から、最終的に大隊長から中隊に言い渡される計画の無謀さというのは、常識では考えられないものがある。自分の手柄ばかりに気をとられて、実施する際の安全性や兵士達の肉体的消耗を無視した計画が多いのだ。結局、上層部である彼らにとっての兵士とは、将棋の「駒」に過ぎないのかもしれない。

そして今、一つの「駒」として弱り切った体で雪道を進む栄一郎は、今年の正月、北孫呉の将校倶楽部会館で将棋大会に参加したことを思い出していた。

初年兵の中に内地で四段昇進を果たしたというちょっとした有名人がいて、祝賀会で交流をすると、「歩《フ》のない将棋は負け将棋ですよ」と、なかなか面白いことを言ってその場を沸かしたのだ。

一般に歩は、最も価値が低い駒と思われているが、歩を軽んじて失うと、手の選択肢が狭くなるので、持ち駒に出来るだけ歩が多くあるように注意せよということだった。

「歩兵」である栄一郎たちを喜ばせようとした発言だったのかもしれないが、これはなるほどと、感心した。簡単に兵を捨て駒にしてしまう参謀や隊長より、よっぽどこの新人の方が戦争を分かっているかもしれないと思った。

そしてこの時、脳裏にふと、日本はもしかすると負けるかも知れないという不吉な予感がよぎった。この春には山本五十六元帥が戦死した。現在の戦局は、日本にとって不利な状況に陥っているのかもしれない。それでも尚、漫然と無計画な演習を続けている日本に、アメリカが倒せるのだろうか、そう思ったのだ。

「駒」に思考など求められていないことを、栄一郎は重々承知している。いくら空を見上げてみても、采配の行方は見えない。今はあたふたせずに、大きな運命の流れに身を委ねるしかない。ただ、少なくとも目の前に見えていること、手の届くことに関して、自分は責任を持ちたい。まず、この時局を生き抜いて、大切な人たちの命を守りたい。自分にできることというのは、それくらいの、ちっぽけなことなのだ。


「少尉、前方、林です」

突然、俊朗が叫んだ。確かに進行方向に林が見える。

「どうしますか?」

再び吹雪が強まってきていたので、林の中を抜ければ風除けにちょうど良い、栄一郎はそう考えた。

「このまま進もう」

即断だった。憲一にセーターを一枚貸してしまったため、いつもより寒さを強く感じていたのだ。

ところが、林に入って直ぐに、その判断は誤りであったことを知った。

「少尉、後ろに…我々の後方に、オオカミがいます」

恐怖で目を大きく見開いた俊朗が、小声で囁いた。栄一郎が振り返ってみると、立派な銀色の毛をたくわえた大きなオオカミが栄一郎達の六メートルほど後ろをぴったりとくっついて来ている。栄一郎は、背筋に冷たいものが走るのを感じた。

見渡すと、この林はアカマツの木で構成されているようだった。いつか、師団本部に勤めているタイピストの大橋千代と交わした会話が、栄一郎の頭に鮮明に浮かんだ。

「四季間の近くにある、アカマツの林は、狼林《ランリン》って呼ばれていて、トウホクオオカミの巣窟なんだって。怖いわぁ」

「君は、虎の子がオオカミを怖がるって言うのかい?」

「虎の子って、関東軍の虎の子師団? 第一師団様、それはそれは、失礼しました」

虎の子師団? 馬鹿馬鹿しくて笑ってしまう。今、生身の人間である自分は、一匹のオオカミに震えている。そして先程、運命に身を任せようと誓ったが、オオカミに食われて一生を終えるのだけは、どうにも避けたい、と栄一郎は思う。

「銃剣を振り回すんだ」

栄一郎は、俊朗に指示すると、身体の周りで大きく銃剣を振って手本を示した。俊朗は慌ててそれを真似した。

二人の姿は、まるでドレスの裾を翻して踊る舞踏会のワルツのようだ。勢い余って銃剣を振った俊朗は、小さな身体ごとクルリと一回転した。滑稽でいい、可笑しくてもいい。どうか無事に、このアカマツの林を抜けられますように。栄一郎は天に祈った。

# 第七章　腰屯村にて 二

（二〇二〇年夏　小雪）

謎の軍服の男の家は、山の麓にあった。半壊したコンクリート塀で四方を囲まれた中に、煉瓦造りの平家がある。煉瓦は所々抜け落ち、土壁と枯れ穂でそれを埋めて補っている。それはまさに、たくさんのブロックを抜かれてなおも絶妙なバランスで立つジェンガの積み木のようだ。

屋根はなだらかな三角屋根で、日本のものよりひと回り小さい黒くて薄い瓦が密に敷き詰められている。瓦の隙間からは細い松ぼっくりのような植物がいくつも生えていて、建物の歴史を静かに物語っていた。

男はオート三輪を道端に停めると、先に敷地に入って「入れ、入れ」と小雪を手招きした。普段なら慎重に考えるところだが、先程、命は山に置いてきたも同然なので、男の後を追うことにした。男の人相が、日本の人気コメディアンに似ているのも、小雪の男に対する警戒心を解く一因になっていた。男の仕草や表情にはどうも、人を和ます要素があるのだ。

敷地の中には乾燥した稲が束になって山積みにされている。穂は切り取られているので、暖をとったり調理をするのに使用するのだろう。男は開け放したままの入り口でじゃれあっていた鶏たちを足で除けて家の中に入った。

「飯は食べたか?」

男はお椀を持って箸で食べるような身振りをして小雪に聞いた。小雪は緊張の糸が解けたためか、急な空腹感を感じていた。そこで、「まだ」と答えて首を横に振った。

逃げた王をすぐに追いたい気持ちもあるが、ヘトヘトに疲れてしまい、見ず知らずの男の家であっても、少しの間、ここで休みたいと思った。体というよりは、精神的な疲れを感じていた。男は、心配そうに小雪の顔を覗くと、保温瓶から白湯を紙コップに注いで小雪に手渡した。

そして、先ほどまで背負っていた竹籠の中から、次々に珍しい食材を取り出したのだ。

まず出てきたのが、丈の長い芝生のような草で、ハーブの良い香りがする。茴香菜《フイシャンツァイ》(ウイキョウ)という植物だと男は小雪に教えた。それから、毒キノコなのではないかと不安になるような、黄金に輝くキノコがたくさん出てきた。楡黄茹《ユウホワングウ》という、地元の特産らしい。さらに、日本でも馴染みがあるタラの芽がテーブルに並んだ。

男が台所で調理をしている間、小雪は外に出て家の周りをぐるっと歩いて眺めた。その時、コンクリート壁に赤ペンキで書かれた「小日本《シャオリーベン》」の文字を見つけたのだ。やはり、男は日本人の血の流れを持つのだろうか。何れにせよ、あの関東軍のジャケットからして、何かしら日本と関係しているのは確かに思えた。

家屋の中には、食欲をそそる胡麻油の香りが立ち込めている。小雪が室内に戻ると、ものの三十分で、テーブルの上には四品の料理が並べられていた。

好奇心から台所を覗いてみると、かまどに直接取り付けられた大きな中華鍋が一つ、あとは小さな電気コンロと土鍋が一つずつしかない。この設備だけで、よく四品もの料理が作れたものだと感心してしまう。

出来立ての料理を前に、男は困った顔でキョロキョロと辺りを見回し、部屋の外へ出て行ってしまった。やがて男は、野ざらしにされていたと思われる、ボロボロの木製椅子を一つ持って戻ってきて、その上に自分が座り、室内の椅子に小雪を誘導した。普段使う椅子が部屋の中に一つしかないことから、男は一人暮らしであり、来客が殆どないことが容易に想像できた。

男の作った料理はどれも素晴らしいものだった。水煮の落花生を茴香菜で和えた冷菜は、爽やかな風味でいくら食べても飽きがこない。タラの芽は片栗粉でサクサクの天ぷらに調理されていて、仄かな苦味と甘みが同時に楽しめる。豚肉のベーコンと楡黄茄、ニラを合わせた炒め物は胡麻油が香ばしく、塩味がきいてご飯のおかずにぴったりだ。それから、ふんわり溶き卵と青菜のスープ、どの料理をとっても高級中華の味付けに劣らないくらい美味しいと小雪は思った。

小雪は遠慮なく夢中で箸を伸ばし、男はそんな小雪の様子をニコニコと眺めていた。それから、小雪はようやく自分の名前が中国語で「小雪《シャオシュエ》」であるということを男に教えると、男は驚きを表した。なんでも、男の娘のニックネームが、同じ「小雪《シャオシュエ》」だと言うのだ。

中国の一部の地域では、字《あざな》の名残だろうか、幼い子どもに実際の名前とは別にニックネームを付ける風習がある。光頭《グワントウ》（ハゲ）とか饅頭《マントウ》（蒸しパン）など、日本では考えられないような呼び名が多いが、生活に密着した単語や身体的特徴を表した簡単な言葉が選ばれる。

男の姓は「夏《シャー》」だと言う。そして夏の娘の正式な名前は「小紅《シャオホン》」だが、生まれて数か月の頃に雪菜という葉野菜の漬け物に手を伸ばして掴んだので、「雪菜《シュエツァイ》」とか「小雪《シャオシュエ》」というニックネームで呼ばれるようになったらしい。

食事が済んだところで、小雪はまず一番気になっていることを率直に尋ねた。

「どうして軍服を着ていたの？　しかも、それは日本軍のものでしょう？」

先程まで夏が着ていた軍服は、壁にかけてある。襟についた赤と金のストライプが、まさしく関東軍のそれだった。夏は叱られた犬のような情けない顔をしている。夏はしばらく沈黙し、だいぶ経ってから口を開いた。

「抗日ドラマで日本軍を演じたことがある」

中国では愛国心を鼓舞するためであろう、関東軍を悪役として描いた映像作品が数多く放映されている。事実に即して制作されたものもあるが、大半は国民のフラストレーションを解消するスケープゴート的に作られた、悪役キャラを過度に強調したオーバーな演出になっている。

「その時の衣装なのね？　でも、それを普段も着ているのはなぜ？」

夏は、居間の奥の方に目をやった。壁には、古ぼけた写真と子どもが描いた黄牛のイラストが貼られてあった。写真に写っていたのは三十くらいの女性と、十代の少女で、それはきっと夏の家族に違いなかった。

＊　＊　＊

夏大偉《シャーダーウェイ》は一九七二年、黒竜江省孫呉県の貧しい農村部で生まれた。

夏の父は一九七六年に文化大革命が終わると農民工としてハルビンに出稼ぎに出て、夏は物心ついた時から母にくっ付いてトウモロコシやコーリャンの仕分け作業を手伝い、妹と弟の世話をしながら少年期を過ごした。

やがて夏は小学校に入学したが、街へ移り住んだ母方の親類から八十ムーの農地を引き継いで家の農作業が忙しくなり、二年生の半ばで学校に通うのをやめてしまった。

夏の父は夏が十歳の時に、労働災害で他界した。農業用水を流すパイプでさび止め塗装の作業をしていた際に、トルエン中毒で死亡したのだ。この時、一家の大黒柱を失った夏家への慰謝料は、たったの八百元だった。

夏の母は女手一つで家族を支えようとこれまで以上に張り切ったが、国の補償を受けて購入したトラクターで誤って夏の妹を轢き殺してしまい、気が触れて黒河に身を投げて入水自殺した。その後、夏は自分が幼い弟とどう生き抜いたのか、ほとんど覚えていない。

十八歳の青年になった夏は、五キロ離れた農村出身の暁暁《シャオシャオ》という一つ下の女と結婚した。暁暁も夏と同じく、両親を早くに亡くし、日の出から日没まで休みなく続く農作業に従事しながら、毎日をなんとかやり過ごしていた。

男を知らず、ツバメの雛のように無垢で可愛らしい顔立ちの暁暁は、背丈が148センチメートルと、村の他の娘に比べて体が小さかった。それを、暁暁の世話をしていた叔父夫婦は、身体的障害かなにかのように捉えていたのである。

暁暁は体が小さいハンディーを物ともせず、熱心に働き、何事にも忍耐強く取り組んだ。けれど、暁暁の叔父夫婦は、「背丈が大きければもっとできるはずだ」と、暁暁の働きぶりを評価しなかった。また、暁暁が風邪を引けば、「体が小さいから丈夫でない」と決め付けたりもした。そして、暁暁は彼らに蔑められるがまま、夏の顔もろくに見ず、口減らしのために嫁に出されたのである。

貧しい夏の家には結婚の礼金にふさわしい貯蓄がなかった。けれど一日でも早く暁暁を嫁に出したかった叔父たちは、「体が小さいし、役に立たないかもしれない」と言って、二束三文の金で結婚に合意した。だが、当人である夏の方は、暁暁の背丈が低いことなど、全く気に止めていなかった。なぜなら、自分の身長も、160センチメートルあるかないかだったからだ。

こうして夏は、可愛くて働き者の妻を、苦しい経済状況の中、幸運にも娶ることができたのである。家族の繋がりを知らない夏と暁暁は、これまでの寂しかった少年期の穴を埋めるようにお互いを思いやり、深く愛し合った。

やがて結婚から一年が経ち、隣の大国・ソビエト連邦が崩壊したクリスマスの日に、娘の小紅が産まれた。紅（＝赤）は、中国において革命のシンボルであり、二人の人生にとっての小紅は、幸せをもたらす「変革」そのものだった。こうして夏は、相変わらず農民としての暮らしぶりは貧しいものの、気立ての良い妻と可愛い娘を持ち、絵に描いたように幸せな日々を過ごしたのである。

しかし、夏が三十二歳の時に、不幸が再来する。長く腹痛を訴えていた暁暁に、大腸がんが見つかったのだ。

家財を売り払って一度の摘出手術を受けたが、その後も黒河まで出向いて受ける放射線治療や薬物治療には莫大な費用が掛かり、農家のわずかな現金収入でこれを負担することはできず、また、二人に十分な金を貸してくれる身内もいなかった。

夏は農作業を続けながらでもできる副業を探し、知り合いから、ちょうど北孫呉で撮影中だった抗日ドラマのエキストラのアルバイトを紹介された。かつて日本軍に侵略された中国東北部の出身である夏にとって、日本の軍人を演じることは恥であったが、愛する妻の治療のために、背に腹はかえられなかった。

エキストラのギャラは微々たるもので、夏をがっかりさせた。しかし、夏の顔立ちが世界的に有名な日本人コメディアンに似ていることが監督の目を引き、これを機に日本人専門の役者として度々撮影に呼ばれるようになった。

現金収入は増えたが、治療は暁暁の病態悪化を食い止めることができず、暁暁は発病から一年半、わずか三十二歳の若さでこの世を去った。

妻を亡くし、失意のうちにある夏を更に追い込んだのは、村人からの誹謗中傷だった。二〇〇五年、日本の小泉総理大臣の靖国参拝を発端に中国全土で湧き起こっていた反日感情の高まりの中で、各地では反日デモが起こっていた。そして、日本兵の役者として注目され始めていた夏が吊し上げられたのだ。

暴徒となった村人に、「妻の治療のため止むを得ず」などという倫理的理由は通用しなかった。家の垣根には「小日本」の落書きがされ、小紅は通っている中学で歴史の教科書を破かれた。そして、夏にとって唯一の家族となっていた小紅は、母を失った悲しみと不当な虐めに耐えられず、「お父さんなんて一生日本兵をやってろ」という恨みの言葉を残して、家を飛び出してしまったのである。

当時、小紅は十四歳、夏は黒竜江省中を血眼になって捜したが小紅は見つからず、それ以降、小紅が家に帰ることは二度となかった。

＊　＊　＊

小雪は、夏の口から聞かされた壮絶な半生に言葉を失っていた。夏が日本軍の軍服を着るのは、小紅が帰るまで自分に課した呪縛的意味合いと、自分を孤独に追い込み、それでいて今や反日の熱をすっかり失った村人に対する当てつけからなのだろう。

とはいえ、夏は地元との交流を完全に失ったわけではなく、先ほども果物を持った村人がやってきて、夏が採った山の幸と物々交換をし、楽しそうに会話をしていた。

夏は親切で人柄も良く、他人から嫌われるような人間には思えない。過ぎた過去に「もし」はないが、小紅が多感な年頃に反日の風が吹かなければ、小紅さえこの家に残っていてくれれば、夏がここまでうらぶれた生活を送ることはなかっただろう。

「あの白タクは、黒河から来た車だよ」

小雪がすっかり夏の昔話に聞き入っていたところで、夏が急にそう言った。もうこれ以上は、家族の話をしたくないということかもしれない。

「どうしてわかるの？」

「地元じゃすぐ見つかってしまうし。顔立ちも、ロシアの血が入っているようだから」

「今ここで警察に通報した方がいい？」

小雪が聞いた。

「ここじゃ紙だけ出して終わりでなんの役にも立たないよ。怪我したわけじゃないし、財布を失くしたくらいにしか取り扱ってくれない。黒河の警察なら、まだちゃんとやってくれるかもしれないが」

そう言うと、夏は机の上のアルミ缶から五十元札を取り出して小雪に手渡した。缶の中は小銭ばかりで、お札はほとんど入っていなかった。

「バス停まで送るから、後はこれで帰りなさい」

「お金はまだあるの。帰るのには足りるわ、ありがとう」

小雪は夏のオート三輪の荷台に乗って、孫呉駅行きのバス停を目指した。シロツメクサが咲く休作中の畑に、二十頭ほどの羊の群れが放牧されている。あの泣き出しそうな顔をした羊も、この群れの中に戻ったのだろうか。

自転車ほどのスピードでゆっくり十分走ると、県道沿いのバス停にたどり着いた。小雪はオート三輪から勢いよく飛び降りて、夏にお礼を言った。

「本当にありがとう。諸々の処理が終わったら、必ずお礼に来る」

「こんな何もない所には、もう来なくていいよ」

「孫呉には、まだ用事があるの。次回は、黒河でお土産を買って持ってくる」

「何にも気にしなくていい。自分のことだけ考えて、気をつけて旅しなさい」

夏は優しく小雪を気遣った。

やがて、小雪はやって来たバスに乗り込んだ。バスが発進してから小雪が後方を振り返ると、夏はまだその場に留まって、バスが走り去るのをじっと見つめていた。夏は異国から彗星のように現れた、夏の娘と同じ名前の「小雪《シャオシュエ》」に、奇妙な縁を感じているのかもしれない。

小雪もまた、今日出会ったばかりの、この夏という男を近しく感じていた。それは、どこか仲間意識のような感覚に近かった。環境は違えども、小雪も、夏と同じように孤独な日々を送っていたからだ。

時計を取り返したら必ずまたここに来よう、小雪はそう誓って孫呉の街をあとにした。

# 第八章　四季間にて　三

（一九四三年冬　栄一郎）

栄一郎は目を覚ますと、満州人の家の中にいた。

満州人の農家の家屋というのは天井が低く、一番高い部分で１７５センチメートルほどしかない。野地板には黒く乾燥したコーリャンの茎がびっしりと隙間なく敷き詰められていて圧迫感があり、今にも顔の上に落っこちてきそうだ。

栄一郎は首をゆっくりと動かして部屋の中を確認した。

栄一郎の体を暖めるためだろう、寝ている木製ベッドのすぐ脇には七輪が置かれていて、たくさんの炭がくべられている。さらに、アルミ製の湯たんぽが股の間に挟んであって、湯船の中にいるかのように暖かい。暖かいということはこんなにも幸福なことなのだと、栄一郎は実感した。

体の血液の巡りを感じながら、記憶の糸を辿る。

自分は雪中行軍に出て遭難したのだ。それから、狼林を抜けて満州人の集落にたどり着いた。そうだ、憲一と康太を助けなければいけない。一緒にいた俊朗はどうしたのだろう。あれこれと頭の中で考えを巡らしている内に、目の前に年が六つか七つの男児が現れた。

「起きた！　兵隊さんが起きたよ！」

栄一郎と目が合った男児は、大声で叫びながら隣の部屋の母親を呼びに行った。

年のいった白髪混じりの母親と一緒に戻ってきた男児は、よく見ると栄一郎の防寒帽を被っている。男児の母親は栄一郎の目が開いていることに気付くと、慌てて男児から防寒帽を脱がせて、栄一郎の枕元に置いた。

男児は不満気だったが、今度はまた何かを思い出したようで、得意気に上着の袖をめくって、栄一郎に腕時計を見せた。腕時計は、栄一郎の物だった。

栄一郎は笑った。しかし、男児の母親はこれに驚いて、男児を抱き上げるとズボンをずらして尻をむき出しにして、その尻を何度もピシャリピシャリと叩いて、腕から時計をもぎ取った。

男児はギャンギャンと大声をあげて泣いていた。そのつんざくような泣き声で、栄一郎の意識は今はっきりと、現実世界に引き戻されたのだった。


男児の父親は張白《ジャンバイ》と言って、四季屯周辺の土工の取り纏めをしており、良民証（当時、関東軍の指示のもとで地元民に配布されていた身分証）と一緒に日本軍が発行した感謝状を栄一郎に提示した。大興安嶺地区の別拉から辰清鎮まで約七百キロメートルの道路開発に貢献した際に授与されたらしい。

そのような名誉を受けた満州人が、なぜこのように辺鄙な場所にある小さな集落にいるのか、栄一郎は不思議に思った。

張は日本軍の開拓事業に多く携わっているため、簡単な日本語を話した。そして、張は栄一郎が将校だと知ると、自分の請け負っている特殊任務を明かした。

張の説明によると、この辺りに軍の新たな「特別倉庫」を設ける計画があり、農家を借りて調査をしているようだ。

「特別倉庫」というのは地下建築物で、弾薬庫や食材倉庫がある他、師団司令部など重要な機密機関を内包している。通行証を持たない者は入ることができず、その特殊性、秘匿性から「特別」という言葉が付いていているのだ。

今や戦局は南方に移ってどんどん兵が減っているのに、まだこのような計画があるのか、やはり軍の考えることは分からぬと栄一郎は思った。

泣き疲れた張の子どもは、暖炉の近くの椅子の上で猫のように丸まって眠っている。張は椅子にかかっていたブランケットを男児に掛けると、男児を起こさぬようそっと、優しい手つきで頭を撫でた。

「やんちゃで困ります」

張が言った。言葉とは裏腹に、男児を見つめる張の顔には愛情と喜びが溢れていた。

「男の子は元気なのが一番ですよ」

栄一郎が答えた。

「私がいつも家にいないから、一家の主人みたいな振る舞いをしているそうです。我儘を言うとかではなく、妻や母を気遣ったりね、大人みたいなことをしたがるんです」

「確かに、帽子も時計も良く似合ってました」

「あれは大変失礼しました」

「いいえ、本当に。自分の私物であったら、あげたいくらいです」

栄一郎にそう言われると、張は黒い中華帽子の上から頭を掻いた。

「私と妻は結婚して十二年、子どもができなかったんです。もう諦めて養子をもらおうと考えていたところでこの子を授かったから、嬉しくて嬉しくて。だから、気付かぬうちに甘やかしてしまっているのかもしれません」

なるほど、それで張の妻は年がいっているのだと栄一郎は了解した。

二人が話していると、張の妻がお椀を二つ持ってやって来た。疙瘩湯《グーダータン》という、小麦粉を練って作ったすいとん入りのスープだそうだ。

お椀を抱えてすすってみると、乾燥椎茸と鶏肉から出た旨味たっぷりのスープが、体の芯まで沁み渡る。小豆ほどの大きさのすいとんはもっちりとして食べ応え十分で、空きっ腹に嬉しい。

「実に美味しい。満州の料理は水餃子が好きだけれど、これも好きになりました」

「また、いつでも食べにきてください」

張が白い歯を剥き出して笑った。

すると、疙瘩湯の匂いに誘われて、男児が目を覚ました。

張は自分が食べかけていたスープをレンゲですくって男児の口に運んだ。男児がこれを熱がると、張はレンゲの上にのせたすいとんをフーフーと息をかけて冷まして食べさせた。

「将校さんと一緒に疙瘩湯が食べられて、お前は幸せ者だな」

まだ寝ぼけているのか、男児はぼんやりと張の言葉に頷いた。

少しすると、村人が張の家にやって来た。村人の話では、間もなく部隊の迎えが来るだろうということだった。どんなお咎めを受けるのか憂鬱な気持ちもあったが、何より、早く憲一と康太を救い出して欲しいという思いが強かった。

栄一郎は不意に、張の妻から返された腕時計に目をやった。時刻は八時三十五分で止まっている。一体、あれからどのくらいの時間が過ぎたのだろう。

時計は通常約三十五時間動くはずで、行軍に出る日の朝六時に、ラッパの音を聞いて時刻を合わせたのだ。何月何日の八時半に止まったのか、それが朝なのか夜なのか、見当もつかない。

ふと、リューズを引っぱってみたが、カチッと引き上がる音がしない。壊れてしまったのだ。栄一郎は、止まった時計を見つめながら、昨年、伯父の直哉と東京で会った際に交わした会話を思い出していた。

＊＊＊

一九四一年二月八日、栄一郎は東京新宿の伊勢丹の前で伯父の直哉を待っていた。間もなく初老を迎える直哉は、雑踏の中に栄一郎の姿を見つけると、子どものようにはしゃいで駆け寄って来た。

直哉は病気の療養を兼ねて九州に疎開中だが、もともとは東京の板橋で時計の部品メーカーを経営している。今は半分引退し、会社は娘婿の朔太郎が引き継いで見ているが、栄一郎が満州へ渡る初年兵の引率のために赤坂の留守隊に戻ると聞いて、九州から飛んで来たのだ。

デパート内は貴金属や高級衣類などの贅沢品が姿を消し、戦地の兵隊へ送る慰問袋が主力商品になっていた。空いた売り場を埋めるために戦争関連の催事が入り、客は以前に比べて大分少なくなったように思う。

直哉は大のコーヒー好きで、戦争が始まる前はよく、銀座にある女給を置かないカフェーに連れて行ってくれた。栄一郎にコーヒーの味は分からず、いつもきまってソーダ水を頼んだ。

直哉は伊勢丹本館の純喫茶がまだ細々と営業していることを知ると、喜んでエレベーターに乗り込んだ。ところが、店にはコーヒーは疎か、大豆を焦がした代用コーヒーもないとのことで、仕方なくサッカリン入りの紅茶を二杯注文した。

「カフェーパウリスタのコーヒーが懐かしいな。五銭でブラジル風のコーヒーが飲めて、ドーナツが付いてくるんだ。もうどれくらいコーヒーを飲んでいないか」

直哉が言った。

「ドーナツはいつも僕にくれましたね」

直哉は父親を早くに亡くした栄一郎を実の子どものように可愛がっている。栄一郎の携帯していた軍用時計を見つめて、しみじみと言った。

「日本は、もっといい時計を作らなくちゃいけないな」

直哉は仕事柄、世界の時計事情に精通している。日本の腕時計の質に満足していないのだ。

「たくさんの兵隊に配給しなきゃいけないから、今は数をこなすので必死なんでしょう」

栄一郎が言った。

「スイスの時計屋は立派だよ。戦争が終わったら腕時計を直ちに叩き壊すという約束で軍への供給に協力しているそうだ」

「どうしてそんなことを？」

栄一郎は直哉の話に驚いた。

「意図しない、安価な素材で作った粗悪な腕時計が市場に残らないようにするためさ。スイスの時計作りのプライドってやつだよ」

「ヨーロッパは、やっぱり違うんですね。職人が軍に意見できるくらい個人の自由が罷り通ってるということか」

「俺はもう年寄りだから、少し離れたところからこの大戦を見ているよ。ソビエトはスターリンの独裁国家だけど、あとの連合国は民主国家だ。そして、こっち側は全体主義の国々ってわけだ。これからの世界は、個人の意思が尊重されるアメリカやヨーロッパみたいな国が引っ張っていくのか、それとも、我々みたいに軍が国民の意志を統率していく国が正しいのか、一つの答えが出るだろう」

「何が正しい国家の在り方なのか、自分には分かりません。ただ、日本をもっともっと良くしたい」

「俺にだって分からないよ。願うのは、安全で爆弾が一つも落っこちてこず、皆んなそれぞれの仕事に誇りとやりがいを持って働ける国になって欲しいってことくらいだな」

「そのために戦います」

栄一郎が真っ直ぐな瞳でそう言った。

「頼もしいけど、まず元気に帰ってきてくれよ。うちの会社はお前に来てもらわないと、先がない。朔太郎には元気はあるが、時計を作る繊細さがないんだ」

二人は紅茶を飲み干すとすぐに喫茶店を出た。伊勢丹の正面玄関では、ちょうど作業員たちによってシャンデリアが外されている最中だった。シャンデリアの左右に設置されていたブラケットも見当たらない。金属類回収令によって回収されることになったのだろう。

「玄関の顔が外されるとは、寂しくなったな」

直哉はしばらくの間、シャンデリアのなくなった天井を感慨深げに見つめていた。

# 第九章　黒河にて　二

（二〇二〇年夏　小雪）

黒河のホテルに戻った小雪は、フロントでケリーに警察署の場所を尋ねた。

小雪が白タクの運転手に財布と携帯を盗まれたことを知ると、ケリーはすぐに警察へ通報することを提案したが、小雪はホテルに迷惑をかけたくないと考えて断った。

ケリーは小雪の憔悴した様子を気遣い、カフェでロシアンコーヒーを注文し、それを小雪に手渡した。ロシアンコーヒーは卵黄が入っているため、とろみがあり、まろやかな口当たりをしている。ティラミスのような風味があり、普段はブラックコーヒーしか飲まない小雪も、疲れた体が糖分を求めていたのか、口の中で溶けるホイップクリームの甘みに、思わず安堵した。

部屋に戻り、ベッド脇の置き時計を見てみると、まだ夜の六時だった。わずか十二時間で、とんでもない大冒険をしたような気分だ。

だが、興奮が収まると、今度は大切な腕時計を盗まれたという現実が、小雪の胸に重くのしかかった。栄一郎が生涯大切に保管していた時計を、自分の不注意で旅の始まりにあっけなく紛失してしまったのだ。しかも、取り戻せる見込みはほとんどない。

カバンをひっくり返すと、あの忌々しい王が投げつけた蒸しパンと、栄一郎の手記がベッドの上に落ちた。

偶然開かれたページには、軍人の白黒写真が貼られていて、小さな文字で「今川徳成大隊長」と添え書きがしてあった。

二本の眉の間には小指一本分ほどの隙間しかなく、頼りなさげにハの字に垂れ下がっている。のっぺりとした卵顔には軍人らしい覇気が感じられず、「大隊長」と呼ぶにはどこか物足りない印象を受ける。

しかし、写真の裏のページには「レイテに散った今川大隊長を偲んで」と書かれ、彼の戦場での勇姿を讃える文章が記されていた。

今川大隊長はレイテ戦で勇敢に戦い、戦死したのだ。小雪は、先ほど抱いた見た目の印象による偏見を、心の中で詫びた。そして、栄一郎が二ページものスペースを割いて記したこの今川徳成という男について、もっと知りたいと思い、ベッド脇のポトスの横に置いていたiPadに手を伸ばした。

小雪は、iPadのホーム画面をスクロールしているうちに、ふと、「iPhoneを探す」のアプリを目にした。これを使えば、登録済みのApple端末のおおよその位置を特定できる。ただし、電源が切られていたら追跡は不可能だ。わずかな望みにかけて、小雪はアプリを開いた。

画面に表示された地図を見た瞬間、小雪の心臓が跳ねた。盗まれた iPhone の位置が、ホテルのすぐ近くを示していたのだ。

それは、大通りを挟んで反対側にある黒河鉄道駅のロータリー入り口付近だった。

小雪の指が震え、心臓が異常な速度で鼓動を刻む。今すぐ行けば、時計を取り戻せるかもしれない――。

その考えがよぎると、もう迷っている余裕はなかった。

小雪は地図をスクリーンショットで保存すると、スニーカーのかかとを踏み潰したまま、部屋を飛び出した。

エレベーターには宿泊客が三人乗っていたが、小雪の鬼気迫る様子を察したのか、彼らは降りる際に小雪を優先してくれた。

ロビーに出ると、ケリーが小雪のただならぬ様子に気付き、フロントから慌てて駆け寄ってきた。

「どうしました？」

ケリーがドアの前で小雪を呼び止めた。

「例の犯人が、このすぐ近くにいるみたい」

「……タブレットで分かったってことですか？」

勘の良いケリーは、小雪の iPad 画面に表示された位置情報を見てすぐに察した。

「ええ、そうなの」

小雪は興奮気味に頷いた。

「私も一緒に行きます」

ケリーはドアボーイに自分が一時的にホテルを離れることを告げると、迷いなく小雪の腕に自分の腕を絡ませた。

「ケリーさんがいてくれたら、頼もしい。ありがとう」

二人は急ぎ足で、黒河駅のロータリーへ向かった。


駅前のロータリーに着くと、小雪は目を凝らした。そして、すぐに見覚えのある黒いセダンが目に飛び込んできた。王の車だ。

ナンバープレートを隠していた白いシールはすでに剥がされ、車両ナンバーが露出している。

さらに、ロータリー前の火鍋屋の中を覗くと、そこには一人で鍋をつつく王の姿があった。

「こんばんは」

ケリーが仁王立ちしながら王の前に立った。

王はゆっくりと顔を上げ、ケリーを見つめる。その視線の先には、小雪の姿があった。

「……早かったな」

王は無理に平静を装っていたが、その指先はわずかに震えていた。

そして、鍋を半分残したまま「お会計」と言って店員に手を上げた。

「黒N536777」

ケリーは店の前で確認した王の車両ナンバーを読み上げた。

王の顔は一瞬で蒼白になり、フケのついた頭を無意識にかきむしる。

「私の大切なお客様に、ずいぶんひどい仕打ちをしてくれたみたいね」

ケリーは王を厳しい目つきで睨みつけた。

「まず、携帯を返してちょうだい」

小雪がケリーの前に出て、王を真っ直ぐに見据えた。

王は観念したようにため息をつくと、ポケットから小雪のiPhoneを取り出し、無造作に差し出した。

「金は……もうないよ。麻雀で負けた借金を返したんだ。何とかして返すから、警察だけは勘弁してくれ」

王は苦し紛れに言い訳しながら、小雪の顔を窺った。

「言っただろう?　俺にはまだ幼い娘がいる。頼む、見逃してくれ」

小雪は王の懇願には応えず、静かに言った。

「腕時計を返して」

王は一瞬、目を泳がせた後、馬鹿にしたように鼻で笑った。

「時計？　あんなもん、金にもならないメッキの安物だろう？」

「誰が金《きん》の時計だって言ったの？」

小雪の声は低く、怒りを押し殺していた。

「私の祖父が大切にしていたもの。それだけで十分なの」

「しかも、フェイスが小さくて、女性用だしな」

王は肩をすくめるように言った。

確かに、あの時計はケース径が小さく、レディースサイズなのかもしれない。

「……どこにあるの？」

小雪が押し殺した声で問い詰めると、王は面倒くさそうに首を振りながら答えた。

「奥さんにやるって言う知り合いのロシア人貿易商に、くれてやったよ」

そう言うと、王は飲んでいたウォッカのボトルを掴み、テーブルの上でコツンと叩いた。

「これと引き換えにな」

小雪は呆気にとられ、言葉を失った。

「やっぱり警察に通報しましょう」

ケリーがすかさず提案した。

「待ってくれ！」

王は慌てて小雪に向き直った。

「それだけは勘弁してくれ……金も、必ず返すから。頼む」

王は深々と頭を下げると、店員に合図して追加のグラスを二つ頼んだ。

そして、小雪とケリーの前にそれぞれのグラスを置くと、中になみなみとウォッカを注いだ。

「ほら、どうか、そんなに怒るなって」

王は作り笑いを浮かべながら、二人に向かってグラスを差し出した。

「MENDELEEV」と書かれたボトルの中央には、長髪であご髭をたくわえた老人の顔が描かれている。

その老人は、まるで腕時計を回収できなかった小雪を同情するかのように、物悲しげな表情をしていた。

「バカにしてるの？」

小雪の声が、低く鋭く響いた。

「大事な時計だって言ったでしょう？　それが戻らなかったら、私はあなたを絶対に許さない」

王の顔から、一瞬で笑みが消えた。

「……分かった。時計を売った相手に、今、連絡をする」

王は携帯を取り出し、何度か電話をかけたが、相手は出なかった。

「……明日にはきっと連絡がつく。絶対に返すから、待ってくれ」

王がすがるように言った。

「どうする？」

ケリーが小雪に尋ねた。

小雪は迷った末、むしゃくしゃした気分のまま目の前のウォッカを一気に飲み干した。焼けるようなアルコールが喉から胸へと流れ込む。気を鎮めるために飲んだつもりだったが、余計に苛立ちが増したようだった。

「……明日までよ」

結局、小雪は王に最後の猶予を与えることにした。

小雪とケリーは王の携帯番号をそれぞれのスマートフォンに登録し、さらにケリーの提案で、王に身分証を提示させ、写真を撮影した。

ホテルの部屋に戻った小雪は、王から取り返したスマホを開いた。中国では日本のＳＮＳ・ラインの使用が制限されていて、通常のネット環境ではアクセスできないので、ＶＰＮを繋いでメッセージを確認した。

アプリを開いてみると、学校の連絡事項の他に、アカウントネーム「TAMA」からいくつかメッセージがきていた。

TAMA「そちらはどうですか？」
TAMA「もう、孫呉には着いたかな」
TAMA「老婆心から心配しています。たまに状況を教えてくださいね」
小雪は慌ててメッセージを返信した。
KOYUKI「大変なことになりました。何から話せばいいか分からないのですが、大事な腕時計を失くしてしまいました」
少しして、TAMAからメッセージが返ってきた。
TAMA「それは大変でしたね。でも、腕時計がどんな所に行き着いても、それが腕時計自身が持つ運命だと思います」
KOYUKI「大丈夫です。きっと探し出します」
TAMA「慣れない土地でのことなので、無理せずに行動してください！」
KOYUKI「分かりました！　ありがとうございます！」
TAMAは、小雪が今回の旅に出た背景を知る唯一の人物だ。TAMAとの出会いは、今から四か月前、一通の葉書に起因する。

小雪は、栄一郎が亡くなって間もなくして、栄一郎の言う通り「物置部屋の桐ダンスの中」から腕時計を手記と共に見つけ出した。

正直なところ、小雪には栄一郎が死ぬまで腕時計を異国の子どもに渡したいと願った明確な理由が分からなかったので、その答えを求めて手記を読んだ。

しかし、初めから終わりまで三回読んでみても、わざわざ異国の辺境地を訪れ、誰と分からぬ人を探し、今や当の本人もまず覚えていないであろう事項に関して説明し、時代遅れの腕時計を渡すべき尤もらしい理由は見当たらなかった。そして、きっと栄一郎は認知症のせいで、辻褄の合わないことを言っていたのだろうと理解して、腕時計と手記は小雪の手によって再びタンスの奥へと戻されたのである。

＊
＊
＊

しかし、手記の冒頭に「長き歴史の過ぎし後必ずや誰か知る」とまで記した栄一郎が、さすがに痺れを切らしたのか、手記を閉じてから二年が経ったある日、何気なくまた手記を手に取った小雪は、偶然にしてバインダーのポケットに挟まった一通の葉書を発見したのだ。

それは、時計について何かを知っているに違いない人物からの手紙だった。

＊　＊　＊

山吉栄一郎様

拝啓

お元気ですか。

艶やかな錦繍の日々も過ぎ、いよいよ朝夕の身に染みる寒さで本格的な冬の到来を感じております。

この度はお孫さんの教員採用試験合格、おめでとうございます。

これでようやく二回目の「お父さん」として肩の荷が下りましたね。

本当にお疲れ様でした。

余裕もできたことですし、来年の春、暖かくなったら中国まで「時計の旅」に出てはどうですか？

私も図書館のボランティアが夏で終わったので退屈しています。

中国語は話せないけれど、荷物持ちとして、お供しますよ。

その前にパスポートや何やら、必要な物を調べないといけませんね。

最近、埼玉は初霜が降りて気温もぐんと寒くなりました。

それではどうぞお体に気をつけてお過ごし下さい。

たま子

＊　＊　＊

小雪はこの手紙を見つけたその晩に、夢中でこの女性の住所宛に以下の手紙を書いた。

＊　＊　＊

阿川たま子様

突然の手紙、失礼します。

私の祖父は山吉栄一郎で、私は山吉小雪と申します。

祖父は一昨年、満九十八歳で他界しました。

祖父の私物を整理していた折、阿川様から恐らくは十四年前にいただいた葉書を見つけました（私が教員試験に合格したと書いてあったのでそうだと思います）。

お二人の個人的なやり取りである手紙に、勝手に目を通してしまった無礼を、どうかお許しください。

ただ、その中でどうしても気になることがあり、堪えきれずに今こうして筆をとっています。

祖父は亡くなる直前、しきりに「腕時計を中国人の子どもに渡したい」と言っていました。

命の恩人の家の子どもにお礼をしたいという気持ちは分からなくもないのですが、先の大戦で祖父は北満警備の後、レイテ戦を体験しており、歴史的に考えるとこちらの方がずっと印象深かったと思うのです。

唯の一瞬、自分の時計を欲しがった異国の子どもを、どうして祖父が最期まで気にかけていたのか、正直私には理解ができません。

その答えを、阿川様はきっとお持ちなんだろうと、阿川様のお手紙から確信しました。

もしご迷惑でなければ、一度お話をお聞かせいただけないでしょうか。

私は埼玉の所沢で教員をしておりますので、川越へ行くのは全く問題がありません。

どうかご検討くださいますようお願い申し上げます。

山吉小雪

＊
＊
＊

手紙を出してから三日後の夜、見知らぬ電話番号から小雪の携帯電話に着信があった。小雪が切望していた阿川たま子からの電話だった。一度、会って話がしたい、二人の希望は最初から一致していた。たま子は持病こそないが、足腰が弱っているらしく、週末、小雪がたま子の家の近くまで訪れることになった。

二人は埼玉県川越市の観光名所である「時の鐘」で落ち合い、そこからすぐの城下町の町並みを再現した商店街にある雰囲気の良い純喫茶を選んでお茶をすることにした。

席に着くなり、たま子は小雪の手を取って、ギュッと固く握った。細く骨ばっているが、しっかりとした握力があり、温かかった。

「小雪ちゃんね、お話を山吉さんから聞いていたから、お会いしたかったんです。とっても美人さんね」

そういうたま子の方がずっと美しいと小雪は思った。手入れの行き届いた豊かな髪は、新雪のように一点の曇りもなくキラキラと輝き、肩の高さでクルンと内巻きにカールしてある。肌にはピンとした張りがあり、化粧箱に入った桃のようにきめが細かい。特徴的な丸い大きな瞳には優しさと聡明さが現れていて、老若男女問わず、一瞬で人を魅了してしまうような女性だ。

「突然お呼び立てしてしまって、ごめんなさい」

小雪は頭を下げた。

「自己紹介からしますね。私は阿川たま子、今年七十七歳です。簡潔に言うと、私の父がおじいさんの戦友だったの。父は満州で亡くなりました」

「そうだったんですね。祖父は亡くなる直前まで、戦争の話をしなかったので、全然知りませんでした」

自分の知らない栄一郎のことを知っている人物が目の前にいると思うと、小雪は胸が熱くなった。

小雪は、瑞枝と栄一郎を立て続けに亡くしてからずっと、後悔していた。どうして彼らが生きているうちに、彼らの青春期の思い出の中心であった「戦争」について、話を聞こうとしなかったのだろうと。

特に、栄一郎に関しては、亡くなる前に繰り返し、小雪にその記憶を繋ごうとしていたのに、小雪は自分が真剣に向き合えなかったと感じていたのだ。気付くと、小雪の頬を一筋の涙が伝っていた。

「ごめんなさい、おじいさんのこと、思い出させてしまったかしら」

たま子は慌ててハンカチを取り出して小雪に手渡した。

「違うんです、なんだろう、うまく言えなくて…」

小雪は涙を堪えようと努めたが、たま子のハンカチに顔をうずめると、瑞枝が好んで使っていた白檀の匂い袋の香りがして、ますます涙が溢れてきた。

「ゆっくりでいいんです。おばあさんていうのは、生い先短いけど、その日その日の時間はたくさんあるので」

たま子はそう言うと、にっこり笑った。

「ここ、水出しコーヒーがとっても美味しいんです。それでいいかしら？」

小雪は鼻を啜って小さく頷いた。たま子は席を立つと、店員に注文をして戻ってきた。

「なんか、ごめんなさい。まだ何も話していないのに、急に…」

小雪はたま子に謝罪した。

「山吉さん、よく言ってました。小雪はいい子過ぎるって。周りに迷惑かけないように、自分を押し殺しているんじゃないかって。教師になんてならないで、まずは海外にでも出て、人目を気にせず伸び伸びやって欲しかったとも言ってました。一人でずっと我慢してきたんではないですか？」

「いい子なんかじゃないんです。今、涙が出たのも、祖父に対して誠実でなかった自分に対する苛立ちなのかもしれないです。祖父はあんなに私を愛してくれたのに、私は祖父に何をしてあげられただろうって。本当に他人が助けを求めている時に、私はいつも逃げ出してしまう」

「そんなに深刻に考えないでください。みんな、たいていは自分のことしか考えていないものですよ。小雪ちゃんは、おじいさんのことをもっと知りたかったって思いが強くて、それで苦しんでいるのではないですか」

たま子の言う通り、小雪は栄一郎が亡くなってから日増しに、栄一郎の生きた時代を知りたいと思うようになっていた。

「教えてくれませんか、祖父のこと」

小雪が泣き腫らした目でたま子を見つめた。

「忘れもしません。終戦から五十年の年に、山吉さんが私を訪ねに来てくれたんです。私が生まれ育った天真寺に行って、今どこにいるのか、親族に聞いてくれたみたい。寺の者は直ぐに私に連絡をしたようなのですが、その時、私は川越市の市立図書館でボランティアをしていて、家はあいにく留守でした。山吉さんは、間もなく八十歳だというのに、入間のお寺を出て、その日のうちにその足で川越の私の職場まで来てくれたんです。寺から職場まで、二時間は掛かる道のりを、ですよ。だから私は、山吉さんが一体何者なのかも分からずに山吉さんにお会いしました」

「それはびっくりされたでしょう？」

小雪には、栄一郎が寺を訪れて、真っ直ぐにたま子の職場まで向かった様子が、手に取るように分かった。栄一郎には、何か片付けなければいけないことがあれば、無理をしてでも出来るだけ早くそれを済ませようとする習性があるのだ。

たま子が話を続けた。

「実は私、山吉さんに阿川たま子さんですか？　と聞かれた時に、自分の父が本当はまだ生きていたのではないかと思って、ドキドキしました。でも、お話をしたら直ぐにそれは私の勘違いだと知って。山吉さんは、父が亡くなった状況を、まるで昨日起こったことのように事細かく私に教えてくれました。私はてっきり、親族の話から父はロシア軍と勇敢に戦って戦死したものだとばかりに思っていましたから、父には悪いけれど、少し笑ってしまいました。お父さん、間抜けだなあって」

たま子は一気にそう話すと、くすりと笑った。

「山吉さんは、私に一通り父のことを話すと、父の遺品を手渡してくれました。半世紀も渡しそびれてしまい、ごめんなさいと。日本に戻ったらすぐに渡そうと思っていたのを、誤って他の人の荷物に混入してしまったそうで。それが、また戻ってきたから駆けつけてくれたんです」

「遺品というと？」

「タバコの空き箱、パッケージの表面です。それも、ゴールデンバットやチェリー、誉、旭などいくつも種類がありました。今日、せっかくだからお見せしようと思って、持って来たんです」

たま子がカバンから紅花色の上品な袱紗を取り出した。その中からは、年季を感じさせるタバコのパッケージの束が顔を出した。

「お父様はタバコが好きだったんですね」

「私も、タバコのことはよく知りませんけど、どうやら父が満洲にいた頃は、物資不足から、パッケージも大分簡素化されていて、このようなカラフルなデザインは、珍しかったみたい。誰かに譲ってもらったりして集めたんじゃないかって、そんな話でした」

「わあ、可愛いデザイン」

小雪はたま子から受け取った紙の束をめくり、一枚、一枚パッケージを眺めた。その中の一枚には

「櫻」の文字のものがあり、ピンクの背景色に黒い二本線の格子模様が入り、中央の円の中にサクラが描かれている。

「それは、チェリー。そのパッケージの前のデザインまでは英語表記だったみたいなんだけど、チェリーが敵性語として使用を禁止されて、漢字表記に変更されたんだそうです」

「なるほど。それにしても、阿川さんのお父様は、美しいものが好きな、美的センスのある方だったんですね」

「いいえ、山吉さんが言うには、全くそんな人じゃなかったそうなんです。だからきっと、綺麗な包みを私にいつかあげようと思って集めていたんじゃないかって」

たま子はそう言うと声を詰まらせて、目頭をそっと抑えた。

「今度は私の番みたい。私は父に一度も会ったことがないし、正直気にも止めたことがなかったんですけど、どうしてなんでしょうね。遠い異国の地で、父が自分のことを気にかけていてくれたのではないかと思ったら、嬉しくて、急に父が恋しくなってしまって。だから私、山吉さんには本当に感謝しているんです」

小雪には、たま子の父を想う気持ちが痛いほど分かった。自分と血を分けた人間が、自分を陰ながら慕っていたという事実、そしてその人にはどうあがいても、もう二度と会えないという、行き場のない悲しみ。小雪の抱えている自責や痛みに通じるものがあった。

「祖父もきっと、たま子さんにお会いできて、嬉しかったと思います」

小雪は再びじんわりとこみ上げてくる悲しみを押し殺し、無理をして笑顔を作った。

「だから、今度は私が山吉さんに恩返しをしないといけない」

たま子は少女のように涙をこぼしたかと思うと、今度は力強い眼差しで真っ直ぐに小雪を見つめ直した。

「山吉さん、自分の息子、娘にも話したことがないのにって、私に、打ち明けてくれたんです」

たま子が言った。

「祖父にも、何か秘密があるんですか?」

小雪が尋ねた。

「ええ、それが例の時計の話なんです」

小雪は気を落ち着けようと思い、机の上のアイスコーヒーに手を伸ばしてゴクゴクと飲んだ。たま子はそれが自分の使命であるかのように、夢中で話を続けた。

「山吉さんと私は、その後数年間会って交流を続けていました。八十五歳で右足を骨折されるまでかな。ご家族にはなかなか戦争体験の話ってできなかったんでしょう。辛すぎるし、現代の価値観で善し悪しをはかったら、自責の念も強い。ただ、あの時代、誰しもが融通無碍《ゆうずうむげ》とはいかなかったから、仕方ないと思っている部分もある。結局、辛かったこと、苦しかったこと、自分で抱え込んで沈黙するほかないんです。だから、小雪ちゃんは、おじいさんの話を聞いてあげられなかったと、自分を責めないでください」

たま子がなぐさめるように言った。

「それをたま子さんが祖父から引き出して共有してくださったんですね」

「私も、知りたいという思いが強くて。どれだけ想っても、父にはもう会えないから。父を知ってる山吉さんにしがみ付いて、せめて父が生きていた当時のことをたくさん知ろうと思ったんです。根掘り葉掘り聞いてしまったから、山吉さんにとっては、辛い対話だったかも知れません」

たま子は当時を振り返って申し訳なさそうに眉を下げた。

「ぜひ教えてください。たま子さんの言う通り、祖父も、昔は打ち明けられなかったのかもしれないけれど、今は私に知って欲しくて、今日ここに導いてくれたとしか、私には思えないんです」

「ええ、私もそう思います。私の父が国境線で亡くなった後、山吉さんはこんな体験をされていました」

たま子は繭玉から糸を紡ぎ寄せるように、慎重にゆっくりと話を始めた。

＊　＊　＊

# 第十章　孫呉にて

（一九四四年冬　栄一郎）

一九四四年一月三日、栄一郎は連隊長の有川茂一郎に呼び出され、第二大隊の今川徳成大隊長と共に、事情聴取を受けていた。

先月の雪中行軍の際、栄一郎が指揮する小隊で領土侵犯により死者を出したことに関する報告書を連隊として師団本部に出さねばならないのだ。死者というのは、憲一のことである。

栄一郎と俊朗が救援を呼びに行った後、体力が回復した憲一と康太は、なかなかやって来ない救援に痺れを切らし、自分達で雪洞を出て、中隊の駐留地を目指して移動を始めた。二人は、黒河がいくつもの派川に分かれる複雑な国境線沿いを歩いていた。そして不幸なことに、二人に国境線への侵入を警告するはずの布告看板は、倒れて雪の中にあった。結果、二人は自分たちの領土侵犯に気づかず、深い雪に埋もれた黒河の上に足を踏み入れてしまったのである。

生還した康太によると、憲一はソ連軍の機関銃の一斉射撃を頭に浴びて、即死だった。

有川はドイツ製の太い葉巻を、毛虫をつかみ上げるようにゆっくりと持ち上げた。そして、ジュースを飲むように葉巻の煙を口の中いっぱいに吸い込み、長い時間をかけて吐き出した。

「大変なことになりました。ノモンハン事件以降、我々第四軍は国境紛争事件に十分気を配ってきたことは分かっていますね？」

有川が言った。言葉の意味に反して悠揚迫らぬ態度が、余計に凄みを発していた。

「はい、承知しています」

今川が上ずった声で答えた。

「特に南方の戦局が激化している今、ソ連を刺激したくないのも分かりますね」

「はい、承知しています」

今度は栄一郎が答えた。今川と対照的に、栄一郎の声は落ち着いていた。どんな処分でも受ける覚悟はできていた。

「北満は、常に小康でなければいけない」

有川が、栄一郎でも今川でもなく、壁の先に目を向けてそう言った。

一九四四年を迎え、関東軍では兵力の南方への抽出が積極化していた。多くの精鋭師団が引き抜かれつつあった北満部隊は、概ね対ソ戦を断念し、対日物資供給に専念して持久守勢、「北辺静謐」を保つことが、基本方針となった。

そういった状況の中で、意図せずとは言え不法越境し、ソ連軍の発砲を受けて死者を出したということは、大きな問題であった。憲一の死は、もはや単なる悲しい個人的な出来事という一面では捉えられなくなってしまったのである。

有川が壁から視線を外して今川を見つめた。

「計画が無謀だったことは理解しています。今川君、これは君の責任だよ。ただ、山吉君、君という人があんなつまらない暴力騒ぎを起こすのは良くない。分かりますね？」

「暴力騒ぎ」というのは、三日前に栄一郎が同年代の将校を殴ったことだ。事件の経緯はこの様なものだった。


昨年十二月三十一日、栄一郎は北孫呉の将校クラブ会館に、大橋千代を訪ねた。千代は鹿児島出身の二十一歳で、第一師団の師団本部でタイピストとして務めている。三年前に満蒙開拓団として家族で黒竜江省の牡丹江に移住し、その後新京でタイピストの勉強をして、今はこのクラブ会館にひとりで下宿しているのだ。

明日は正月なので、例年通りなら千代は牡丹江の家族のもとへ行くはずだったが、千代の父が正月、孫呉にいる友人を訪ねたいというので、千代は孫呉に留まっていた。

千代は快活で時に歯に衣着せぬ物言いをする真っ直ぐな性格の女性だ。栄一郎は彫りの深いエキゾチックな顔立ちで健康的な美しさを持つ千代に、内地に残した献身的で可愛らしいフィアンセの瑞枝とはまた違った魅力を見出し、殺伐とした戦地での心のオアシスとしていた。また、千代の方も歳が近く、他人への思いやりがある栄一郎に対して、親しみと愛情を持って接していた。

憲一の死亡事故以降、栄一郎は外出を控えていたため、二人が会うのは一か月半ぶりだった。栄一郎は依然として塞いだ気分ではあったが、千代とその家族へのプレゼントとして、正月用の餅を渡さねばと、十二月最後の公休日に、すべり込みで顔を出したのだ。

栄一郎は、憲一の死のショックから食事がろくに喉を通らず、げっそり痩せ細ってしまっていた。目が窪み、瞳には以前の輝きがなく、顔付きもすっかり変わっていた。

千代は栄一郎のやつれた顔をいたたまれない気持ちで見つめ、その同情心で栄一郎を傷つけないように、いつもと変わらぬ振る舞いに努めた。

「渡辺さんのことは、本当に残念だったわね」

千代が悲しそうに言った。

「君も、渡辺憲一を知っているのかい？」

「軍旗祭の時に、山吉さんが紹介してくれたでしょう」

「そうだったか」

軍旗祭というのは、陸軍において歩兵・騎兵連隊がそれぞれの衛戍地《えいじゅち》や出征先で開催する、連隊旗の拝受を祝う祝賀行事である。

「あの日、渡辺さん、面白いことを言っていたわ。自分はやはり、祭り事が好きだ、軍旗祭も年に四回はやって欲しいって」

軍旗祭は、年に一度開催されるのが通例である。

「そういう奴なんだよ」

栄一郎が悲しそうにフッと笑った。

「渡辺さんは、生まれてくるのが少し早過ぎたと思うの」

「意外だ。君もそう思うとは。俺もおんなじことを思っていたんだよ」

栄一郎が言った。

「自然体で、難しいところは一つもないのに、自分というものをしっかり持っている、不思議な魅力がある人だったわ」

千代が懐かしそうに言った。

「その通りだよ。渡辺の物の考え方は、人と違って特別なんだ。前衛的で、誰にも拘束されない。俺は、腹の中で渡辺を妬んでいたんだと思う。なんでも先にいってしまうから。頭の回転も速いし、走るのも速い。おまけに、渡辺には娘までいたんだ。知らない間に俺より先に父親になっていた。あ、これは誰にも言わないでくれよ、憲一と俺だけの秘密なんだ」

栄一郎は千代が自分と同じく憲一の人格的魅力に気づいていたということが嬉しくて、思わず憲一の秘密を千代に明かしてしまった。

「なんだか、男の人っていうのは、訳ありなんですね」

千代の言葉には、内地に婚約者がいるのに、自分に対しても優しい態度を取る栄一郎への揶揄が込められていた。

「参ったな」

栄一郎はバツが悪そうに笑った。

二人が話しているところに、誰かが部屋のドアを乱暴にノックした。それは、栄一郎より一つ年上で栄一郎と同じ少尉を務めている、山田友蔵であった。太い眉に角張った頬骨、それらに不釣り合いである女性的な印象の垂れ目は、酒に酔っているせいで焦点がなかなか定まらない。友蔵は、帽子をわざと横にずらして気障にかぶり、自分がただの生真面目な男ではないことを主張しているようだ。

「おっと、これは山吉くんか。連隊騎手が女性の部屋へ来るのは、よくないのではないかい」

千代に惚れ込んでいる友蔵は、千代の部屋に栄一郎がいたことが気に入らないようだ。千代は全く友蔵に気がないようで、栄一郎を擁護して友蔵に啖呵を切った。

「私と山吉さんは高尚なお喋りをしていたの。公休日に、呼んでもいないのに勝手に女性の部屋にやって来る貴方の方がよっぽど問題よ」

友蔵は千代を横に追いやって、栄一郎に詰め寄った。千代が栄一郎を好いていることは知っていたので、前々から、どこかでいつか言い掛かりをつけて懲らしめてやろうとチャンスを狙っていたのだ。

「部下が死んでまだ四十九日も経っていないのに、もう女漁りとは、大したものだね」

それは友蔵の栄一郎に対する挑発だったが、揉め事を起こしたくない栄一郎は、千代に挨拶をして、先に帰ろうとした。それを、友蔵は栄一郎の肩を押して阻止した。

「おい貴様、すかしてるんじゃないぞ。前から生意気だと思っていたんだ。斥候が失敗して、俺は内心ざまあみろと思ったよ」

友蔵が大きな声で言った。

「人間が一人亡くなっているんです。その話題はよしてくれませんか」

栄一郎も声を張り上げた。千代はハラハラとしている。

「あんなの、どうせ戦地に出たって糞拭きの役にも立たない奴だろう」

友蔵が言った。

「糞とはなんだ」

栄一郎は憲一を侮辱されて烈火の如く怒った。

「これは失礼。糞のことは馬鹿にしていないよ。糞は肥やしになるから人の役に立つじゃないか。あいつの遺体はソ連に回収されたから、きっと永久凍土に捨てられて畑の肥やしにもならない」

次の瞬間、栄一郎は激憤して友蔵を殴り倒していた。馬乗りになって、何度も何度も友蔵の顔面を殴った。栄一郎は、一つの怒りの塊となっていた。その怒りは、もはや友蔵に向けられたものというより、世の中に蔓延する何か見えない悪に対する義憤だった。

友蔵は前歯を一本折る怪我をした。栄一郎が一方的に殴り倒し、ほとんど無抵抗だった。栄一郎の処罰は相手が同位将校だったため、訓誡処分で済んだが、これがもし対上官であったら、軍紀を破壊するものとして陸軍刑法によって重い刑罰に科せられるところであった。

有川はまたゆっくりと煙草の煙を口の中に含み、それを吐き出し終わらぬうちに栄一郎を諭すように語り出した。

「渡辺伍長のことで気が乱れているのは分かります。ただ、山吉くんには連隊旗手としての矜持を保っていただきたい」

連隊旗手は、新任の少尉の中の成績優秀者一名が一年の任期で務める。旗手に選ばれるには、成績が優秀で、品行方正、眉目秀麗であることが絶対条件である。若手の中で連隊旗手に選ばれることほど名誉なことはないのだ。

「本当に申し訳ありませんでした。今一度気を引き締めて邁進して参ります」

「それに、旗手である貴方が、女にうつつを抜かすのは良くない」

有川が厳しい口調で言った。

連隊旗手には暗黙の了解として、高潔であることが求められている。童貞を条件とする連隊もあるくらいなのである。

栄一郎は千代に、指一本触れていない。しかし、どんな理由であれ、自粛ムードが冷めやらぬうちに女性の部屋を訪れたのは軽挙妄動《けいきょもうどう》で、おまけに暴力沙汰にまでなってしまったのだから、これはもう、言い逃れのしようがなかった。

「功利的観念を打破し、滅私奉公《めっしほうこう》の精神に欠けることなかりしや」

有川は、栄一郎が予備士官学校時代に繰り返し暗唱させられた訓戒の一文を読み上げた。栄一郎は頭を深く下げて、じっと有川の言葉を聞いていた。

「胸の中で良いので。戦陣訓の本訓其の二第七、第十を、繰り返し唱えながら部屋に戻りなさい。それと、本訓其の三の九も追加しましょう」

有川が顎で栄一郎と今川の退室を促し、二人は深々と礼をして有川の部屋を後にした。

廊下を歩く今川は、念仏のように有川から指示された戦陣訓のうちの三項目を繰り返し唱えている。

本訓其の二

第七　死生観

死生を貫くものは尚、崇高なる献身奉公の精神なり
生死を超越し一意任務の完遂に邁進すべし
心身一切の力を尽くし、従容として悠久の大義に生くることを悦びとすべし

本訓其の二
第十　清廉潔白《せいれんけっぱく》

清廉潔白は、武人気節の由って立つ所なり
己に克《か》つこと能《あた》はずして物欲に捉はるる者、争《いか》でか皇国に身命を捧ぐるを得ん
身を持するに冷厳なれ
事に処するに公正なれ
行ひて俯仰天地《ふぎょうてんち》に愧《は》ぢざるべし

本訓其の三
九　怒を抑へ不満を制すべし

「怒は敵と思へ」と古人も教へたり
一瞬の激情悔《げきじょうかい》を後日に残すこと多し
軍法の峻厳なるは時に軍人の栄誉を保持し、皇軍の威信を完うせんが為なり
常に出征当時の決意と感激とを想起し、遥かに思を父母妻子の真情に馳せ、仮初にも身を罪科に
曝すこと勿れ

結局、栄一郎が雪中行軍中の死亡事故の責任を問われることはなかった。有川が、師団本部の追及をうまくやり過ごしてくれたのだ。

「シベリア寒気団の襲来による予測不可能な大寒波及び悪天候による雪中遭難、死亡者は、指揮官が救援隊を呼びに行っている最中に低体温症による精神衰弱を発症し、指揮官の現場に止まれという指示に従わず、誤って満ソ国境を越境してソ連軍に射殺された」という連隊の説明で、師団本部側が納得したのだ。

また、怪我をした友蔵の件に関しても、栄一郎が友蔵に見舞金として七十五圓を支払い、明るみに出ることなく示談となった。

今川は、二つの案件処理がひと段落したところで、栄一郎を自室に呼んだ。今川の部屋には、本や

資料が山積みになっている。英語、ソビエト語、満語に精通しているらしく、師団本部から、敵の資料解読などのサポートを依頼されることがよくあるそうだ。

「先の雪中進軍では、上官として、自分が判断を誤ったところがある。死者を出したこと、誠にすまない」

今川は深刻な面持ちで栄一郎に言った。

「いえ、自分が二人を置いてその場を離れたことが間違いであったと考えております」

栄一郎が慌てて答えた。

「山吉君と、渡辺君の仲が良かったことは、私も知っていました」

今川は、唾をごくりごくりと飲み込みながら話した。

「戦地において、人が死ぬのは仕方のないことです。私もこれから間もなくして、本当の戦地に赴くことでしょう。その時は、死んだってちっとも惜しくない気持ちで戦うつもりです」

栄一郎はそう言った。

「実は、私は、そう思わない。死ぬのが仕方ないというのは、結果に対する、諦観的な捉え方であって、最初からそのような心構えでは、困る。そんな投げやりな思いで戦に行かれては、兵士の命がいくつあっても足りない」

栄一郎は、さすが今川は大学出とあって、難しいことを言うなぁと思った。

「投げやりというわけでもないのですが……死を見据えて戦いに挑むのは、軍人として必要な覚悟だと思います。我々が学んできた死生観そのものでしょう」

「死は、それが身近にあると知って、不必要に恐れないものとすべきです。しかし、本当の意味での覚悟というのは、有事だけを前提としていればいいのではない。実は、死生観について、私が最も大事だと思うのは、平時にあって、自我を捨てて目前のことに直向きに取り組むことだと理解しています。それもまた、覚悟の一つでしょう」

栄一郎は、今川の複雑な言い回しに頭がこんがらがってしまい、なんと答えていいか分からず、黙り込んでしまった。すると今川は、こめかみの辺りを人差し指で推し、神経を使って言葉を選びながら話をした。

「つまり、自分は覚悟を決めている、死ぬのは怖くないとおおっぴらにするのは、勇敢なように見えて、実は正しくない態度だと思うのです。それは、覚悟というのを、死だけに結び付けて、自分の責任さえも限定的にしてしまっている。本当の覚悟というのは、死はそれがやがて誰しもに訪れるものとして冷静に受け止めて、その事実をまた一度、脇っちょの方に置いて、今、与えられた自分の生を、使命を、精一杯全うして生きることだと思うのです」

「ああ、その説明は、自分も理解できます。よく分かります。なるほどなと思います」

栄一郎が答えた。

「共感してもらえますか？　これは、もしかしたら、軍の教えとは少し異なるかもしれない」

「自分もそれが正しいように思います。別に死んでもいいのだと開き直っていては、今を全力で生きることができない、そういうことですね？」

今川の顔がパッと明るくなった。理解者を得たと思ったのだろう。

「そうです、そうなんです。だから、覚悟というのを、単純に、死と直結して考えるのは、もうやめましょう。覚悟の先に死があるということはあっても、馬に人参を見せるように、死を、人の前に置かなければ、覚悟が持てないなんていうのは、私は違うと思うのです」

今川は喜びで顔に赤みが増している。

「今川隊長は、責任感がある方だということが、今日、自分はよく分かりました」

栄一郎の言葉はおべんちゃらではなく、本心からだった。

「責任感を持つことは、大切です。私たちは、人の上に立つ人間ですから、部隊に対して重大な責任がある。だから、いつも自分の頭でよく考えて、正しいと思うことをするように努めてください。今日、私からの話は、以上です」

栄一郎は上官である今川について、これまで、正直なところ、ガリ勉とゴマスリだけでやって来た人間なのではないかと疑っていた節があったのだが、実際は、誠実実直で、今川なりに悩んで裁量を下しているのだと知った。臆病に見えるその態度も、常に慎重であろうとする緊張感の表れなのだろう。

栄一郎はその日の夜、布団に包まって物思いに耽っていた。今川との死生観に関する対話が、思考機能を活発にしたようだ。

渡辺憲一という一人の男の死は、栄一郎の物の見方をガラリと変えてしまったようだった。

ふと、雪洞の中で憲一と身を寄せ合いながら語った正義の話が思い出された。

いつ如何なる時でも、誰しもがそれを正しいと思えることが正義である。表にはあらわれない、隠れた悪に注意し、何事も、疑問を抱いたことについては内容を吟味し、自分で思考すること。

栄一郎は、友蔵を殴った時に感じた炎のような怒りが、今も拳の中に残り火として燻っている気がした。

自分は一体、何に対してこんなにも怒っているのだろうか。それは、世の中の隠れた悪に対してではないか、いや、自らも知り得るところとなった悪を前に、なす術なくひれ伏す自分に対してではないだろうか、そう思った。

死。今川は、死を積極的に追い求めることを、覚悟として誤認しないよう説いていた。そして、今、自分が果たすべき責任と誠実に向き合い、この生を全うすべしと。それこそが、憲一の言う「正義」

の指し示すものなのではないか。

自分の生が受け持った定め、責任の正体とは、一体なんなのか。栄一郎はそんなことを、なかなか眠れぬ頭で、考え続けていた。

一九四四年一月十五日、栄一郎は孫呉駅近くの「夕顔楼」という料亭で、数十名の将校と新年会に参加していた。

ここ何日も、栄一郎には神経症のような状態が続き、答えの出ない問題について、あれこれと一人で考えを巡らせ、哲学に陶酔していた。

そのため、社交場の中に身を置いて、他人に合わせて盛り上がりを演じなければいけないと思うと、気持ちが塞いだ。しかし、もちろん欠席をすることもできず、なるべく物静かそうな四年先輩の中隊長石川の隣を選んで、そっと腰を下ろした。

宴会場は狂騒に包まれていた。関特演による再編成で内地から戻ってきた老兵の中には、酌婦とふざけ合い、半裸になって羽目を外している者がいた。また、普段は大人しいのに、酒を飲んで大変なくだを巻いている者もいた。

出征前の不安をかき消すためにわざと馬鹿騒ぎをしているのか、大声を張り上げている姿が、なんとも痛々しい。栄一郎は乾いた拍手を打ちながら、虚無感に苛まれていた。すると、隣の石川とそのまた隣の年配の中隊長が、ひそひそ話を始めたのだ。

「四季閘に一二三師団と合同で建設予定だった特別倉庫は計画が頓挫したそうですね」

石川は年配の中隊長の耳に顔を寄せて話をしていたが、その声はしっかりと漏れていた。そもそも、中隊長同士の会話だから、大した機密事項でもないのだろう。栄一郎は二人の会話から自分を介抱してくれた張の言っていたことが本当だったのだと思った。

「勝山要塞の視察に連れて行った現地関係者は何名くらいいたんだ？」

年配の中隊長が石川に聞いた。

「現場監督一名と、建築士二名、地質検査一名、全部で四名だそうです。既に明日会席を予定していて、満州人は全員参加するとのことでした」

石川が答えた。現場監督の一名というのは、きっと張のことだろう。

「動きが早いな。間もなく南へ大移動だから、早く綺麗にしておきたいということか」

年配の中隊長が笑って言った。

栄一郎は、小便のために席を立った石川の後を慌てて追った。石川の横に立ってみたが、緊張してかなかなか小便が出てこない。

「さっきの話ですけど、建設準備に協力した満州人はどうなってしまうんですか？」

栄一郎は出来るだけ関心がなさそうに装って尋ねた。

「バカだなぁ。殺されるに決まってるだろう。起工祝いだと言って青酸カリ入りの酒を飲ませるんだよ」

石川が言った。

「悪いことをしたわけでもないのに？」

思わず声が大きくなった。

「特別倉庫を作るための視察で、他の要塞を見学させてしまったからね。内部の構造を他所に漏らす可能性がある。遅かれ早かれ口封じされる運命だった。それが少し前倒しされただけだよ」

「……」

張は明日、毒殺されてしまうのだ。自分を助け、息子に優しい眼差しを向けていた罪のない男が、正当な理由なく殺される。

憲一だってそうだった。裁きを下す人間は、どんな大義を振りかざして川の対岸で引き金を引くのだろう。彼らは銃弾に倒れる人間の顔を知らず、その後ろにある無数の人間の思いにも気付かない。ただ、ゆらゆらと揺れる標的が地面に倒れ込むまで、無情に、一心に、引き金を引くのだ。

栄一郎は寒さと恐怖で身震いした。チョロチョロとした情けない小便が、便器に届かず、栄一郎の足元を濡らした。

＊＊＊

たま子は自分の父である憲一が亡くなってから栄一郎の身の上に起こったことを一気に話すと、句点を打つようにニコリと笑った。

「私、お腹が空いちゃったみたい。ここのお店、パンケーキも美味しいの。一人で二枚は多いから、一緒に半分こしましょう」

たま子は重い空気を和らげようとしてか、大袈裟にはしゃいだ。

「祖父を助けた張さんは、殺されてしまったのですね……」

小雪がつぶやいた。

「ええ、多分そういうことだと思います」

「ようやく少し腑に落ちてきました。命を助けてくれた人の子どもだからお礼をしたかったのではなく、張さんを助けられなかった、罪の意識からということでしょうか？」

「当然、罪悪感は抱えていたと思うけど、それだけでは言い表せない複雑な思いがあったんじゃないかな」

「そうですよね……。張さんの息子さんにしてみれば、自分の父親を見殺しにした人から、大した価値もない時計をもらったって、有難くも何ともない話です。正直、会いたくもないし、やって来たら頭にくると思います。そんなことを、祖父が想像できなかった筈はないし」

「そうでしょうね」

たま子は小雪の取り皿にパンケーキを一枚移すと、自分の皿のパンケーキにバターをたっぷりと塗った。それをメープルシロップに浸して子どものように頬張っている。きっと、たま子のこの自由な性格は、父親譲りなのだろう。

「時計……。時計ですよね。祖父は、祖父の伯父の経営する時計の部品メーカーで、戦後に開発部隊として働いていました。東京は大空襲で工場も焼けてしまって、伯父は疎開先から戻ってガッカリしたそうです。でも、レイテから戻って、伸びきったゴムのようになっていた祖父を何とか立ち直らせようと、これからの日本のために頑張ろうと、また工場を作って、自分も第一線に復帰して励ましたと聞いています」

「そうなのよね。山吉さん、私にたくさん時計の話をしてくれました」

たま子は、栄一郎と時計と張の子どもの繋がりについて、自分なりの解釈を持っているに違いない。ただ、それをそのまま小雪に伝える気はないようだ。あくまで語り部に徹し、小雪に考えさせようということらしい。

「祖父の、戦後の話を聞かせてくれませんか？」

たま子は待っていましたとばかりに、ニコリと微笑んだ。

# 第十一章　山吉製作所・板橋本社にて

（一九五五年夏　栄一郎）

一九五五年六月八日、栄一郎は東京・板橋の山吉製作所の正面玄関で、作業員が新しい社名看板を掛けるのを伯父の山吉直哉とその娘婿の山吉朔太郎と一緒に見守っていた。

「これからは山吉の名を汚さぬよう、より一層頑張らないと。山吉製作所を頼みますよ」

「任せてください」

朔太郎が調子良く答えた。創業二十年に際して、これまでの株式会社国益製作所から山吉製作所に社号が変わったのだ。

株式会社国益製作所は、日中戦争が始まる二年前、一九三五年に腕時計のケースを生産する専門メーカーとして、資本金八十五万円でここ板橋に創業した。

第二次世界大戦の終戦後はケースだけでなく文字板の生産にも着手しており、来年の一月には埼玉県の狭山市にケース専門の入間川工場が開業し、板橋の本社に併設する工場で時計の文字板を生産していく予定だ。

栄一郎は主にこのケース部門の開発を担当している。

時計のケースとは、ムーブメントを収める外側の容器のことだ。戦時中は軍需対応でステンレスのケースが中心だったが、今はカーボン・金など素材の選択肢が増え、形状への要求も多様化の傾向を見せている。

時計の心臓であるムーブメントを守り、且つ、時計自体の印象を決めるパーツでもあるケースは、戦争が終わり、開放に向かう世相において、急速な進化が求められているのだ。

「そう言えば、戦時中北満の北孫呉にいて、最後はロタで終戦を迎えたっていう奴が技術研究室に入って来たよ。自営でやっていた金属加工屋が潰れたそうだ。もしかして、栄一郎の知り合いなんじゃないかな」

朔太郎が思い出したかのように言った。

「顔を見れば、分かるかも知れません」

「前歯の欠けた奴で、栄一郎と同い年くらいだよ。二階の研究室にいるから、見に行ってみたらどうだ」

「分かりました」

栄一郎は朔太郎の言葉を受けて、火をつけたばかりのタバコを消して研究室へと向かった。

研究室にいたのは、山田友蔵だった。栄一郎が千代の部屋で殴って前歯を折った相手だ。二人の目が合い、栄一郎が気まずそうに視線を逸らすと、友蔵の方から歩み寄って来た。

「専務、戦争は終わりました。これからは力を合わせて頑張りましょう」

友蔵が、前歯のない顔でニコリと笑った。

栄一郎は仕事がひと段落したところで、友蔵を誘い出して近くの喫茶店を訪れた。直哉行き着けの店で、直哉があれこれ口を出したので、今では銀座のサロンに負けないコーヒーが飲めると地元で有名だ。

ただ、コーヒー豆は五年前から輸入が再開したものの、まだまだ高級品で、その上、一昨年ブラジルで霜害が発生し、値段が更に高騰していた。一杯五十円は決して安くはないが、栄一郎は直哉の影響で今やすっかりコーヒー好きになっていたので、少なくとも二日に一回は飲んでいる。

今年三人目の子どもを産んだ瑞枝からは小言を言われることもあったが、栄一郎が「賭博も女もしないので勘弁してくれ」と言うと、笑ってこれを了承した。

「同じ、ブラジルコーヒーでいいですか?」

栄一郎が友蔵に聞いた。

「コーヒーの苦味がどうも苦手で。ソーダ水でお願いします」

「私より年上なんだから、敬語はやめましょう」

栄一郎が堪らず提案した。

「専務ですから」

「山田さんには悪いことをした。今日は手持ちが少ないけれど、足りなかったら遠慮なく言ってください」

栄一郎は、財務でもらった封筒に十万円を入れて友蔵の前に出した。

「いえ、あの時にきっちり七十五円もらいましたから。治さなかったのは自分の意思です。それに、あの日、私は酒に酔って随分と酷いことを言いました。殴られて当然です」

「それではあまりに申し訳ない。これからあなたの顔を見るたびに、私の心が痛みます。どうか収めてやって下さい」

しばらく押し問答して、お互いに引かずにキリがないので、封筒は一旦栄一郎の手によってテーブル中央線の〝不可侵ライン〟にそっと置かれた。

「山田さんはロタで終戦を？」

栄一郎が聞いた。

「はい、第一師団の中では自分はまだいい方でした。ロタは軍事価値が殆どない島だったから、最後まで米軍も攻めて来なかったんです」

「僕はレイテでした。その後、セブに脱出しましたが」

「そうか、山吉さんは、今川大隊長の部隊でしたものね」

それぞれ出されたコーヒーとソーダ水に口をつけると、しばらくの間、二人とも黙り込んでしまった。レイテ戦がどんな惨状だったか、また、今川の最期についても、よく知っているからだ。友蔵が先に口を開いた。

「今川大隊長とは地元が一緒でした。ひょろりと線が細くて臆病そうな雰囲気だったけど、思いやりのある優しい人だったなぁ」

友蔵が今川を懐かしんだ。

「私も北満にいた頃は正直、頼りない人だなと思っていたけれど、今川大隊長は、レイテ戦で本当に立派でした。オルモックに上陸した我々は、リモン峠ですぐに米軍とやり合いになりました。数も装備も圧倒的に不利な戦局で、オルモックに米兵が降りてこないよう、五十日間の防衛戦をしたんです。誰の目に見ても、もう限界でした。そこに来て、カリガラ平野に出て、敵を殲滅せよと言う指示が上から出たんです。防衛だけで必死なのに、平野では身を守る術もなく、壊滅間違いなしなのに、ですよ」

友蔵が知っている話だとは思ったが、栄一郎は話を続けた。そうして振り返ることが、今川への弔いになる気がしたのだ。

「今川大隊長は、その作戦指示を無視して我々大隊をリモン峠に留まらせました。戦争で上官の命令は絶対です。部隊を守るために、自己判断で命令違反をしたのです。そして彼は、大変お世話になりました。今日でお別れです。皆さんは最後の最後まで必ず生き抜いて下さい、御機嫌ようと言い残して、一人で敵陣へ飛び込んで行きました。それが、今川大隊長の最後の姿でした」

友蔵はソーダ水に沈んだ真っ赤なサクランボを見つめて、固く口を結んで黙っている。

「そのおかげで今の私の命があります。今川大隊長は、北満で同年兵の渡辺が死んだ時の計画ミスを、私に謝罪してくれました。そして、本当の覚悟と責任の果たし方について、私に教えてくれました。彼は戦争にあっても人の命を大事に考える、優しい男でした」

栄一郎は今川のひととなりを思い出し、今川を深く尊敬した。

「それに比べて俺は本当に申し訳ない。あの日、渡辺のことをバカにするなんて、最低な人間です。もう一度殴ってもらってもいい。会社で雇ってもらう資格もないでしょう」

「やめてください。もう、戦争は終わりました。それにあの日、山田さんを殴ったのは、山田さんに対しての怒りだけが理由ではなかった。貴方の身体を利用して、私は自分のフラストレーションを解消したようなものなんです」

「と言うのは？」

友蔵が聞いた。

「渡辺は、私が戦争の狂気の中で思考停止していた折にも、狂気に染まることなく自分の考えを持っていました。戦争の誤りを、渦中でも見抜いていたんです。私は、違和感を感じながらも、それを見抜けなかった。隠された悪に、気づくことができなかったんです。その得体の知れない違和感は、あの日突然大きな怒りに変質したんです。それで、ただ目の前にいた貴方を殴ったんだと、今はそう思うのです」

「分かる気がします。自分もあの頃、その得体の知れない違和感というのと向き合いたくなくて、酒ばかり飲んでいました。山吉さんから貰った金も、すべて酒に消えました」

栄一郎は困ったように笑った。

「このお金はもう酒代には充てないでください。これは上官命令です。それと、敬語はやめましょう。これも、上官命令です」

栄一郎が封筒を山田の陣地に押しやった。

「これは参ったな。戦争が終わったのに、まだ上官命令とは」

友蔵が笑った。

「満州では私たち、同等兵でしたけど」

栄一郎が付け加えた。

「そうですよ」

友蔵が笑った。

「それでは、これからの時代に相応しい良い時計を作るために、山吉製作所で開発に邁進したいと思います。私には、親父から受け継いだ古い金属加工の技術しかありませんが」

友蔵はそう言って右手をテーブルの上に差し出した。

栄一郎はその手をしっかりと握った。友蔵の手は熱を持って温かく、セブに迎えにやって来た引き揚げ船よりずっと、救われるように感じた。

「そう言えば、大橋千代、中国にいるみたいです」

友蔵がサクランボをグラスの底から拾って食べながら言った。千代は、友蔵が想いを寄せていた女性であり、彼と栄一郎の喧嘩の原因にもなった人物だ。

「そうでしたか…」

栄一郎は下を向いた。

「連絡は取っていないんですね」

「自分なんかがしてあげられることは、何もないから。今や私も、三人の子どもの父親です」

「自分も、遅ればせながら、こんな歳で、来月ようやく父親になります」

友蔵が恥ずかしそうに笑って言った。

「それはおめでたい。一層頑張らないといけませんね」

「はい、日本と明るい未来のために、頑張りましょう」

友蔵が再び右手を差し出し、二人は固く握手をした。

一九五九年十月十九日、栄一郎と友蔵は山吉製作所の入間川工場の会議室で頭を抱えていた。

「一週間以内に企画書を作れって、会長も歳をとって、滅茶苦茶なことを言うよな」

栄一郎は溜息をついて天井を仰いだ。友蔵は、近年、山吉製作所で開発したモデルを手に取って眺めている。

「これからの時代は女も学生も老人も、みんな当たり前に腕時計を使うようになるから、それを想定して、新時代を切り開く時計ケースのアイデアを出してくれってさ。A社の若い購買担当に、イノベーション精神がない下請けは生き残れないって言われたのが余程癪《しゃく》だったらしい」

「年寄りがつけるとしたら、文字が見やすいようにケース径を大ぶりにするか、でもそうなると重くなるな」

友蔵が頭を抱えて言った。

「重いのは困るよ。女も若者も気軽に身につけられる腕時計を想定するなら、やはり軽量化が重要になる」

栄一郎が真剣な顔つきで言った。

「でもさ、みんなが使える腕時計の商品開発なんてできるわけがないよ。そもそも、成人の男と女、老人、学生、それぞれ備わっている条件が異なるんだから、ターゲットを絞らないと。俺はまず、女は省いて話がしたいね。家の中にいたら壁掛け時計があるし、家事をするのに腕時計は邪魔になる。

金持ちや働いている女がステータスを主張する装飾具としての需要は少しあるだろうが、大きくは市場が伸びないと思うんだ」

友蔵は、女性の使用を想定して新しい時計ケースを開発することに後ろ向きである。

「いや、どんな女性だってきっと、本心では腕時計を欲しいと思うさ。腕時計は実用性とファッション性を兼ね揃えるし。年寄りはケース径を大きく、女性や学生はケース径を小さく、全体としてのコンセプトは軽量化を目指すとしよう。軽いってことは、誰にとっても価値があるから」

栄一郎が熱く語った。

「ずいぶん女性の使用にこだわるね。まあ、君の奥さんはハイカラだからそうなのかもしれないな。軽量化には自分も賛成だよ」

友蔵はそう言うと、いくつかの時計を手の中に置いて、その重さを確かめ始めた。

「でも、ステンレスを薄くして軽量化するのは、どこもやってることだし、あまり芸がないよな」

栄一郎がため息をついた。

「何か、全く違う素材を使うってのはどうだろう」

友蔵が提案した。

「この地球上にある素材なんて、大体限られてるのに、何を使うのさ。しかも、企画書は一週間以内に出さなきゃいけないんだ。まさか、まだ詳しくは決まっていませんが、軽量化のために未知の素材を使います、なんて書けないからね。きちんとした青写真を描かないと」

「青写真……」

友蔵は何か気に掛かることがあるようだ。

「どうしたのさ」

「写真、つまり、カメラだよ、カメラ。カメラのメーカーに勤めるエンジニアの友達が、フォーカルプレーンシャッターを従来のものより軽くするのに、アルミでは上手くいかなくて、試作品でチタンを使ったって最近言っていた。チタンはステンレスよりずっと軽いじゃないか」

友蔵はすっかり興奮している。

「でも、どこで手に入るのさ。NASA が使っているような素材だろう。日本にはそうそうないよ」

「カメラ屋が手に入れられるんだから、時計屋が手に入れられないってことはないだろう。そいつに新宿で美味い飯でも奢って、それとなしに聞いてみるよ」

友蔵が楽しそうに言った。

「ああ、頼んだよ。なんだか面白いことになりそうな予感がするな」

「まだ誰も見たことがないような時計ケースを作ってやろう。そのために、先を越されては困る。早速電話してくるよ」

そう言うと、友蔵は資料を整理して会議室を足早に出て行ってしまった。一人会議室に残った栄一郎は、自分の息子が最近夢中になって見ている特撮ドラマ『月光仮面』の主題歌を口ずさんだ。

どこの誰かは知らないけれど
誰もがみんな知っている
月光仮面は誰でしょう
月光仮面は誰でしょう

『月光仮面』の主題歌のテロップでは、月光仮面役の名前だけが「?」で表記されている。栄一郎の息子はそれを見るといつも、「お父さん、月光仮面は一体、誰なんだろう」と、目をキラキラ輝かせて栄一郎に尋ねるのだ。

終戦後の昭和には、社会の秩序を守るために奮闘し、自分の名を名乗らない、謙虚な新しいヒーローが生まれていた。そして、栄一郎は今、これから自分が手がける次世代の時計「?」に、胸を躍らせている。

一週間後、栄一郎は友蔵と一緒に、直哉と朔太郎を呼んでプレゼンテーションを行った。プレゼンテーションのタイトルは、「日本初・新素材Xを使用した腕時計ケースの開発」だ。

「なるほど、面白い。チタンという発想はなかった」

直哉が感心して資料を眺めた。

「でも、チタンなんてどこで手に入れるんだ？」

朔太郎が資料の内容をきちんと読まずに質問した。

「横浜の金属加工屋で取り扱いがあります。ただ、試作用に少し譲って欲しいとお願いしたんですが、断られました。ロールでしか販売してくれないようです」

友蔵が言った。

「それは、開発費用が掛かるということだね」

直哉があご髭を撫でた。

「そうですね」

栄一郎が友蔵の代わりに答えた。

「基本的には、ステンレスや鉄と同じ加工設備で問題ないと？」

直哉が一通り資料に目を通してから質問した。

「はい、ただ、恐らく熱伝導率が小さいなど、チタンの特性というものがありますので、探り探りでの加工になると思います。何と言っても、取り扱ったことがない素材なので」

友蔵がしどろもどろ言った。

「いいじゃないか。やろう、研究資金は我々でなんとか工面しよう」

直哉は乗り気だ。

「A社に資金協力してもらって、一緒に開発したらいいじゃないですか」

一方の朔太郎は金が出ることには慎重だ。直哉の豪快さを心配しているのだ。

「そんなことができるか。それでは、アイデアだけ取られてしまう。これは山吉製作所のアイデンティティになるかもしれない、大変な発明なんだ。入間川工場ではダメだ、情報が外に出ないように、所沢の研究所を使いなさい。それから、栄一郎は至急、山田君が使いやすい、優秀な研究員を集めること」

直哉が力を込めて言った。

「わかりました」

栄一郎は直哉に頭を下げた。

こうして、「新素材Xを使用した腕時計ケースプロジェクト」が山吉製作所の所沢研究所でスタートした。

＊　＊　＊

「祖父は、友蔵さんに再会できて本当に良かったですね」

たま子の話を聞いて、小雪が言った。

「そうね、苦しい時代に偶然同じ場所にいたから、より連帯感があったでしょうね」

「大変な時代だったとは思うけど、なんだか、勢いがあって羨ましいです。仕事に使命感や、やり甲斐を感じていることも」

そう言うと、小雪は顔を曇らせた。

「教師って、やっぱり大変？　今は不登校の子も多いって聞くものね」

たま子が小雪に聞いた。

「辞めようと、思うんです。向いてないなって。さっき、泣いてしまったのも、情緒不安定なところがあるのかもしれないですね」

小雪が俯いて言った。

「そっか。何かうまくいかないことがあったのかな」

「一人の生徒に寄り添えなくて。彼が助けを必要としている時に、見て見ぬふりをして、傷つけてしまったんです」

「そう。それで自責の念があるのね。でも、クラスに三十人もいたら、全ての子どもに満遍なく目を向けるのは難しいいし、タイミング良く手を差し伸べられないことだってあると思うわ」

たま子は小雪を気遣ってそう言った。

「比較的目をかけていた生徒だったんです。白浜くんという、素直で、優秀な子で。教師として慕われている自覚がありました。でも、彼が家庭の事情で大きな怪我をして、クラスで孤立した時に、私は彼を全くフォローできなかったんです」

小雪は不安気な手元を落ち着けようと、すっかり冷えたおしぼりを手に取り、握りしめた。たま子はうんうんと頷いて静かに話を聞いている。

「人と、深く接することが苦手なんです。表面的には、そつなく付き合えても、人が苦しんでいたり、悲しんでいたり、怒っていたり、感情がむき出しになるような時に、しっかり向き合えない。苦手なんです。だから、いまだに結婚もできていないのかもしれないですね」

「それだけしっかり自分を分析できてるなんて、すごいと思います。そうね、やっぱり、おじいさんの時計を持って、中国に行ってみたらどうかな」

と、たま子は突然口にした。

「中国に?」

小雪が驚いて聞き返した。

「山吉さん、小雪を東村山から外に出してやりたいって言ってました。外大で外国語を学ぶことを勧めたのも、その思いからなんじゃないかな」

確かに、栄一郎は小雪に、留学や海外旅行を強く勧めていた。

「今の日本って、みんなお利口さんだし。人に迷惑を掛けないのが当たり前になっているでしょう。海外に行ったら、日本では考えられないような理不尽にも遭遇するかもしれない。無責任なことを言うけれど、もっと感情がむき出しの人たちに出会って、振り回されてきたらどうかな」

たま子がいたずらに笑って言った。

# 第十二章　ブラゴベシチェンスクにて

（二〇二〇年夏　小雪）

朝六時半、小雪は漢庭ホテル一階のロビーラウンジで朝食をとりながら、今回中国へ行くきっかけとなった、たま子との会話を思い返していた。

たま子の予言通り、渡中して三日目にしてすでに、数え切れない「理不尽」に遭遇している気がする。その時、電話が鳴った。相手は王だった。小雪は口に含んでいたゆで卵を豆乳で流し込み、王からの電話を取った。

「もしもし。例の時計を持ってる人とは、連絡がついた？」

「それが、ちょっと問題があって…」

「問題って？」

小雪が尋ねた。

「そいつが、ブラゴベシチェンスクへ戻ってしまったんだ」

「ああ、やっぱり…昨日、その人を探しに行くべきだった。それで、その人はいつまたこっちにやって来るの？」

「色々問題があって、ビザが下りない。中国には当分入って来れなそうだ」

「そんなの困るわ。あなたがロシアへ行くか、郵便を使うなり、代理人に届けてもらうなりして、早く時計を返して」

小雪は声を荒げた。

「俺は今ちょうどパスポートが失効してるから無理だ。自分で川を渡って取っておいでよ。相手はトーリャという気のいいロシア人のおじさんだ。日本人の女だと言ったら、ロシア料理をご馳走すると喜んでいたよ」

「私には時間がないの」

ロシアへ行くのは予定外だ。たま子が言う「振り回されてきたらいい」にだって限度がある。

「時間がないなら、なおさら行ったらいいさ。郵便だって、代理人だって、紛失するとか、トラブルがあるかもしれない。今からそこまで迎えに行くから」

王は一方的にそう言って、電話を切ってしまった。

十分後、王の運転する黒いセダンがホテルのロータリーに停車した。今から、黒河の中国側イミグレーションである「中国黒河口岸」へ向かうと言う。ケリーがフロントにいれば相談をしたかったが、あいにく出勤前だった。結局、小雪は王の勢いに負けて、車に乗り込んだ。

「そう言えば、ロシアの入国ビザって、どうなるの？」

小雪が王に聞いた。

「それが、てっきり日本人も中国人と同じで自由に行き来できると思っていたんだけど、そうはいかないらしい。だから、これを使ってくれ」

王は運転しながら小雪に赤紫色のパスポートを渡した。開くと、「王丹」とあり、身分証が挟まっていた。

「他人の身分証じゃない」

小雪が驚いて言った。

「他人じゃないよ、俺の姪っ子だよ」

「私にとっては他人よ」

パスポートには、見ず知らずの女性の写真が貼られている。

「大丈夫、髪を束ねたらかなり似ている。写真を少しこすってみたから、はっきり顔も見えないし」

「捕まったらどうするの？　つくづくあなたって無責任なのね」

小雪が呆れて言った。

「ロシアと中国は仲良しなんだ。行き来も比較的自由だから、パスポートを見るのだって、形式的にだよ。おまけに、申し込んだのはガイド付きの日帰りツアーだから、ビザも不要だし、何も言われることはまずない」

王は滅茶苦茶な提案をしている。

「あなたの姪っ子が取りに行けばいいじゃない」

小雪が跳ね返すように言った。

「ロシアにも行けるなんて、運がいいと思わないか。こんな白昼堂々、あんたを売り飛ばそうなんて考えないから、安心してくれ。そうそう、それとトーリャは昔日本の千葉県という所にいたとかで、日本語が話せて、とっても親日なんだ。すごく楽しみにしているみたいだよ」

そう言って王は車を黒河の中洲・大黒河島にある中国ロシア自由貿易城の駐車場に停めた。

「帰るわ。時計のことはあなたでどうにかして、取り返したらまた連絡をして」

教師の立場でありながら、不法入国で捕まるのは御免だ。小雪は車を降りて大黒河島と陸地を繋ぐ大黒河島橋の方向へと歩いて行った。すると、黄色い三角旗を持った中年の女性ガイドが小雪の前方からやって来た。

「この人が、例の失くし物をした日本人？」

ガイドは、小雪をチラッと見てから、小雪を追ってきた王に聞いた。

「そうだけど、行きたくないってさ」

王が答えた。ガイドが小雪の方を見た。

「心配なのはわかるけど、本当に大丈夫よ。団体ツアーだから、私が参加者の身分証をまとめて、代理で出入国申請をするの。あちらについたら、午前中は観光で午後は自由行動だから、トーリャと昼ご飯でも食べて、夕方集合場所に戻ればいいわ」

ガイドは、不法入国なんて大したことではないというふうに言った。

「トーリャは私の知り合いなの。日本に長くいたから、久しぶりに日本人に会って話をしてみたいのだって。それに、あっち側のロシアバロックは、こっちとは違って壮観よ、ね」

ガイドがそう言って小雪の腕に手を回した。

結局小雪は、「王丹」としてブラゴベシチェンスクの日帰りツアーに参加することにした。毎日、ツアー客を引き連れて中露を往復しているガイドが一緒なら、何とかなる様な気がしてきたのだ。

ガイドの言う通り、小雪は何の問題もなく中国側のイミグレーションを通過した。そして、三十人乗りの小型ボートは乗客を乗せるとすぐに出発した。

ボートが岸を離れてから黒河の街を返り見ると、川岸は水遊びをする住民で溢れていた。中には川の水で頭を洗ったり、果物や野菜を洗っている者もいる。遊泳も自由なようで、かなりロシア寄りの水中に、中国人と思しき男の顔が浮かんで見える。川の中央を国境線とするなら、男はすでに越境しているはずだが、辺りにそれを咎める者はいない。

「あの人、大丈夫なんですか？」

小雪がガイドに尋ねた。

「大丈夫よ。巡回ボートが一応は見回ってるけど、厳しく管理はしていないわ。お互い、不法入国したところで、たいしてメリットがないからね」

「なら、ロシア側に、中国人の不法滞在者はいないの？」

「それは勿論、いるわよ。こんな目と鼻の先にあるんだから、何となく渡ってしまって、きちんとした手続きをせずそのまま暮らしている人もいるわ。何かワケありで中国を離れなくてはいけなくなったとか、若いうちに、人に連れて行かれたとかね」

小雪は不意に夏の行方不明の娘のことを思い出した。

夏が「黒龍江省中を血眼で探したけれど、見つからなかった」というのは、もしかすると、夏の娘・小紅がロシア側へ渡ってしまったからなのではないかと思ったのだ。

やがてボートはブラゴベシチェンスクのイミグレーションに着いた。川岸には、パラソルを立てて優雅に寝転ぶロシア人たちの姿が見える。ツアーの中国人観光客は、ボートが出発してからずっと望遠鏡でロシア人たちを観察して、ボーダーツーリングを楽しんでいたが、一方のロシア人たちは対岸の中国には無関心の様子だ。

ブルーの瞳に、透けるように白い肌を持つロシア人は、気温が三十度の中でも涼やかに見える。わずか五百メートルの川を挟んだ対岸には、顔つきも言葉も全く異なる人々が住んでいる。不思議なことだと小雪は思った。

午前中はレーニン広場、凱旋門、鉄道駅など、代表的なロシア建築を見て回った。

小雪が特に印象的だったのは、ブラゴベシチェンスクの駅だ。一九一五年に設立された歴史ある駅で、極東第一号の蒸気機関車の先頭車両が駅舎の脇に展示されている。漆黒のボディーには、旧ソ連で使用されていたことを示す赤い星のマークが付いていて、黒の重量感と華やかな赤のコントラストが妖艶な雰囲気を醸し出していた。

小雪は、バロック建築といい、ロシアで見られる色使いというのは、ポップでアーティスティックなものが多いと思った。ポップと言っても、単にビビッドカラーを多用するのではなく、背景カラーとアクセントとなるものに用いるカラーのバランスが良く検討されているように思う。

例えば、駅舎の塗装に関しては、駅舎全体は淡いベージュとグレーで統一されており、駅舎前の歩道の縁石部分を赤と黄色のペンキでカラフルに塗装している。そのため、縁石が強烈なアクセントになっているのだ。

ガイドの言う通り、こちら側のロシアバロックは、近代アートのような見応えがあった。

十一時半頃、ブラゴベシチェンスク駅に例のトーリャという男が車で迎えに来た。左右の揉み上げ以外殆ど毛がない、細身で長身の中年男性だった。「ビザが下りなくなった貿易商」という情報から、てっきり強面を想像していたが、人当たりの良さそうな優しい顔つきをしている。

川沿いのロシアンレストランに行くと言うので車に乗り込み、五分も走らないうちに店に着いた。「ストランニック」という名の小さなレストランで、地元では有名らしい。

席に着いてメニューを渡されたが、ロシア料理はピロシキとボルシチくらいしか知らないので、オーダーは全てトーリャに任せた。

「私の弟分が、迷惑をお掛けしました」

トーリャの日本語はとても流暢だった。何度か来日し、千葉の津田沼にトータルで三年住んでいたそうだ。トーリャは紙で包まれた栄一郎の時計と、封筒を小雪に手渡した。

「家にまだ両替していない日本円があったので、日本円でお返ししますね。六万円あります」

王がなぜ執拗に小雪をブラゴベシチェンスクへ行かせたがったのか、ようやく分かった。自分には金がないが、親日家のトーリャが尻拭いをしてくれるという計算だったのだろう。

トーリャは今から二十五年前、ウラジオストックの極東連邦大学から交換留学生として千葉に初来日した。その後、留学が終わってからも何度か旅行で日本を訪れ、極東連邦大学を卒業してからは、東京の語学学校に通い、アルバイトでゲームソフト制作会社に勤めていた。

「交換留学で行った時、近くに、ムトウさんという面白いおじいさんが住んでいたんです。二回目の留学は、プログラミングを学びたいという思いもあったけど、ムトウさんに会いたくて、また日本へ来たようなものです」

トーリャが言った。

「どんな関係の方だったんですか？」

「ムトウさんは、僕のアパートの隣に住んでいて、初めて会った時に僕のことを『ロスケ』と呼びました」

ロスケというのは、ロシア兵を嘲笑した言葉だ。小雪はリアクションに困って、苦笑いした。

「ムトウさんはシベリア拘留を経験していて、ロシア人のことが好きじゃなかった。でも、僕のことが気になるらしく、自分で育てたトマトやキュウリを、ロスケにくれてやると言って僕にくれました」

小雪はトーリャとムトウさんの興味深い話に聞き入っている。

「ある日、僕もムトウさんを笑わしてやろうと思って、キュウリ、ダバイとムトウさんに言いました。ダバイというのは、ロシア語で頂戴という意味です。あの頃、中国に入って日本軍を攻め込んだロシア兵たちは、酒、ダバイ、女、ダバイと言って略奪したのを僕も知っていましたから。そしたら、ムトウさんは笑いました。面白いな、仲良くしようって。今思うと、シベリアでの経験は、決して笑い飛ばせるようなものではなかったと思います。でも、ムトウさんは冗談を言った僕を許してくれた。それから僕とムトウさんはいつも挨拶をする大の仲良しになりました」

小雪はトーリャの話を聞いて、温かい気持ちになった。

テーブルにはロシア風ポテトサラダのオリヴィエ、ロシア風ロールキャベツのガルプツィ、ビーフストロガノフ、アクロシュカと呼ばれる冷製スープ、黒パンが次々に並んだ。

「僕は昔、キュウリが苦手だったんですが、ムトウさんに会ってから好物になって。だから、夏はボルシチでなく、このアクロシュカを飲むんです」

確かにアクロシュカにはみじん切りのキュウリ、玉ねぎ、ジャガイモ、ハムなどが入っている。スープは「クワス」という黒パンから作った炭酸ドリンクがベースになっているそうで、味わいはミルキーでありながら爽やかな口当たりの不思議なスープだ。

「ガルプツィ」の中には焦げ目のついたキャベツがとろとろに煮込まれていて、中にはジューシーなひき肉と米がたっぷり入り、サワークリームとトマトピューレが混ざり合って濃厚な味わいだ。

「ところで、どうして中国に入国できないんですか？」

小雪は好奇心から尋ねた。

「今は、貿易商がメインの仕事なんだけど。人に頼まれるまま、たまに、中国人の不法労働の手助けなんかもしていたから。まぁ、政府に知り合いが多いから、そんな深刻な問題ではなくて、すぐに復帰できると思うんだけどね」

トーリャは特に悪びれた様子なく答えた。

「こっちで知り合った中国人の、夏さんという方の娘さんが行方不明なんです。もしかして、ロシアにいるんじゃないかなって、今日ふと思って」

小雪は、トーリャなら夏の娘をロシア側で探せるのではないかと思って言った。

「何年くらい前の話なの？」

「ちょっと待ってください……。ソビエトが崩壊した日に産まれて、十四歳で家出したから、一九九一年生まれで、二〇〇五年くらいに行方不明になっているはずだわ」

小雪が言った。

「流石にその頃僕はまだモスクワでプログラマーをしていたな。でも、探してみるよ。名前と年齢を教えて。あ、誕生日は一九九一年のクリスマスだね」

「そうです。お願いします。彼女のお父さんが、ずっと帰りを待ってるんです。彼女が戻ってこないから、彼の時間は今も止まってしまっていて……」

トーリャは黒パンをちぎる手を止め、悲しげな表情を浮かべた。

「待つというのは、希望でもあるけれど、約束なく待つことほど辛いことはないね。待つ身も辛いし、待たせる身も辛い」

小雪は直感的にトーリャが言っているのは、ムトウさんのことに違いないと思った。

「ムトウさんのこと？」

トーリャは、コクリと頷いた。

＊　＊　＊

一九九九年五月八日、トーリャこと、アナトーリ・カバレフスキーは千葉の津田沼で、武藤大五郎と畑仕事に汗を流していた。

アナトーリは平日、池袋の語学学校に通いながら、秋葉原のゲームソフト制作会社でプログラミングのアルバイトをしている。アナトーリの近所に住む大五郎は、自分の畑を所有していて、アナトーリは時間がある週末、こうして大五郎の畑仕事の手伝いをしているのだ。

「トーリー、お前いつロシアに帰るんだっけ」

ロシアでアナトーリの略称はトーリャだが、大五郎はアナトーリのことをトーリーと呼んでいる。

「今月末です」

「もう少し、いられればいいのにな。このサツマイモ、甘くてみずみずしくて美味しいんだ」

「ああ、日本のヤキイモ。食べてみたいなあ」

アナトーリは、サツマイモの苗に付いた土を手ではらいながら、残念がって言った。

「いたいた！　でっかいネキリだぞ」

大五郎が土の中から丸々と太った幼虫を掘り出した。大五郎が「ネキリ」と呼ぶのはカブラヤガの幼虫で、一般的には「ネキリ虫」と呼ばれている。名はネキリ虫だが、実際に噛み切るのは根っこではなく地際の茎で、しばしば芽生えてすぐの苗が狙われる。

今日の作業は、このネキリ虫を土から掘り出して、駆除するのが目的だ。大五郎は手で土から掘り出したネキリ虫を長靴で躊躇いなく踏み潰して殺した。アナトーリは、畑仕事で汚れるのも疲れるのも構わないが、虫であっても殺生をするのは堪らないなぁと思った。

「ネキリ、可哀想ですね…。でも、美味しいサツマイモのためには仕方ないですね」

アナトーリが悲しい顔で言った。

「ロシア人なのに、弱虫だな。それにしてもトーリー、お前は随分日本語が上手くなったな。ネキリを知ってるロシア人なんて、きっとお前しかいないぞ」

「大五郎さんのおかげです」

ネキリ虫の駆除を終えた二人は、行者ニンニクとキュウリを収穫して大五郎の家へと向かった。

大五郎は庭で長靴と野菜を洗うと、早速台所へ行って調理を始めた。調理といっても、行者ニンニクを湯がいて麺つゆをかけ、鰹節をまぶして卵黄をのせたものと、キュウリを包丁の刃元で叩いてから刻み、味噌だれで和えたもので、後はサバの缶詰と、スーパーで買って来たホタルイカの沖漬けだけだ。

大五郎が席に着くと、アナトーリはキンキンに冷えたビールの蓋を力いっぱい開けた。

「美味い！」

採れたての野菜で作った男料理は、ビールのアテにぴったりだ。アナトーリは、この大五郎との晩酌の幸福感が忘れられず、国の交換留学を終えてから、再び日本にやって来たのである。

「また、そのうち戻ってくるんだろう？」

大五郎が、不安そうに聞いた。大五郎は、八年前に妻に先立たれ、一人暮らしをしている。二人の娘は関西と九州に嫁いでおり、一年に一、二度しか帰ってこない。そのため、大五郎は寂しさを感じていた。

「一旦帰って、東京で仕事がないか探してみます。今はメールがあるから、ロシアからでも仕事を探せます」

「畑をくれてやるから、農家になったらいいのにな」

「それもいいいな」

二人は笑い合い、缶ビールで乾杯をした。大五郎はかつての敵を、今は誰よりも親しい、一人暮らしの心の拠り所としていた。

しかし、留学を終えてロシアに戻ったアナトーリは、東京の就職先を探すことなく、大学の先輩の紹介でモスクワのＩＴ会社に就職した。そしてそこで、生涯を共にしたいと思える、アナスタシアという女性に出会った。

ロシアでの新しい生活が動き出したという報告を、アナトーリは大五郎にできないまま、時間だけが過ぎた。そして、国際電話の掛け方が分からない大五郎には、アナトーリに自分から連絡をする術がなかった。

やがて一年が経ち、アナスタシアと結婚することになったアナトーリは、久しぶりに大五郎の家に電話を掛けた。すると、正月に二度顔を合わせたことがある、大五郎の長女・幸子が電話に出たのだった。

「トーリーさん！　もっと早く連絡して欲しかった」

アナトーリは、嫌な予感がした。

「父は先週の月曜日に亡くなりました」

「プラブダ《なんて事だ》！」

アナトーリは天を仰ぎ、思わず神に叫んだ。

「父ね、トーリーさんにサツマイモを食べさせてあげようって、納屋の奥にずっとサツマイモをしまっていたのよ」

サツマイモを包んだ新聞紙には、マジックで「トーリー」と書かれてあった。アナトーリは、電話を握りしめ、身を震わせて慟哭した。

＊＊＊

トーリャの話を聞き終えた小雪は、堪えきれず、大きな一粒の涙を瞳から零した。

「泣かないで、イズヴィニーチェ《ごめんなさい》」

トーリャが困った顔で小雪を見つめた。テーブルには、食後のフルーツが運ばれ、小雪はプレートの上のリンゴに視線を落とした。

「ある時、私、自転車で坂道を登っていて。坂道の途中で、カゴに入れた袋の中からリンゴを落としたことがあるの。だけど、私ずっと自転車を漕いで来たから、とても疲れていて。下って追いかけるなんて、想像もできなかった。だから私、振り返らなかったの。転がっていくリンゴを、見たくなかったから」

トーリャは小雪の言葉の意図を汲み取り、頷いた。

「僕たちは時に、とても臆病になることがある。それは誰しもが経験することかもしれない」

トーリャが言った。

「私、臆病なんかじゃない。ただ、いつも、誰に対しても無責任なのよ。臆病は性質だけど、私は意思を持って無責任なの」

小雪が涙を拭った。

「どうしてそんなに自分を卑下するんだい？」

小雪は薄い下唇を強く噛んだ。

「もしよかったら、聞かせてくれないかな。小雪の背負っているものを、少しだけ軽くできるかもしれない。僕も今、小雪とムトウさんの話を共有して、気持ちが楽になれたから。王から日本人の女性に迷惑をかけたと聞いた時、会いたいと思った。ムトウさんのことで心残りがあった僕は、小雪に謝罪することで、自分が救われたかったのかもしれない」

小雪は少し悩んでから、慎重に話しだした。

「私は中学校で英語を教えていて、自分のクラスにとても優秀な生徒がいたの。白浜君っていう男の子で」

「うん」

「彼の父親は外交官で、彼は長い間イギリスの現地校に通っていたから、美しい英語を話したわ。スピーチコンテストや英作文コンクールの前にはよく私のところに質問に来てね。勉強熱心で、人懐っこくて、美しくって、私も目をかけていたの」

トーリャは手を組んで頷いた。

「何もかもを備えているような子だったのに、ある日突然、白浜君は全てを失ってしまった」

「彼に、何があったんだい？」

トーリャが尋ねた。

「家が火事で全焼してしまったの。お姉さんとお母さんが亡くなって、かろうじて助かった白浜君も、全身の三十五パーセントの皮膚を失う大火傷をした。火を点けたのは、お父さんの愛人の同僚女性だったそうよ」

「なんてことだ」

「その日、白浜君のお父さんは外出していて、何事もなく済んだんだけど」

トーリャは組んでいる手に力を込めた。

「皮膚の移植手術を何度も繰り返して、一年後に白浜君は学校に戻ったわ。お父さんの不倫も含めて、事件の顚末《てんまつ》は地元ではもう有名な話になっていたから、他の学校へ転校することもできたんだけど、火傷の痕がある状態で、一から新しい環境へ入って友達関係を築くより、元の学校に通う方がストレスが少ないと思ったんでしょうね」

「それは、そうかもしれないね」

「他の生徒達は、誰も白浜君に事件のことを聞こうとしなかった。私達教師も、白浜君は辛い経験をしたから、優しく迎え入れてあげましょうと事前に言っていたから」

「彼が学校に戻っても、いじめられなくて良かった」

トーリャが言った。

「目立ったいじめはなかったわ。でも、みんな白浜君の存在を、まるでないもののように扱ったの」

「どうしてだい」

「火傷で白浜君の鼻は溶け、顔の皮膚は焼けただれ、美しかった面影もすっかりなくなっていた。みんな、どうやって変わり果てた姿の白浜君に接したらいいか分からなかったのかもしれない。白浜君は食事の時間以外、ほとんどマスクで顔を隠して過ごしていたんだけれど、どんどん孤立していって、次第に学校も休みがちになって、結局不登校になってしまったの」

トーリャが残念そうに俯いた。

「白浜君が学校に来なくなって、正直、私はほっとしたの。白浜君は給食の時間も、ほとんど食べずにすぐマスクで顔を隠してしまっていたし、家の中にさえいれば、少なくともこんな惨めな思いをしなくて済むだろうから、白浜君にとってはそれが一番良いのだろうって」

「難しい問題だね」

トーリャがため息をついた。

「それに、私自身も白浜君を持て余していたのかもしれない。以前は白浜君を贔屓にしていたのに、すっかり元気をなくした白浜君を、十分にケアすることができなかった」

「それで、小雪は自分を無責任だと言うんだね?」

「そう。ある時、白浜君の家にプリントを届けて、白浜君と二人で話をする機会があったの。白浜君は、本当はもう死んでしまいたいんです、燃え盛る炎の中から助けだされた時は、生きていて良かったと思ったけれど、包帯を外したその日から、どうして僕は生き残ってしまったんだろうと、今の今までその思い一つしかありませんって、私に打ち明けたわ」

トーリャは黙って考え込んでいる。

「私、言葉に詰まってしまって。お母さんとお姉さんの分まで一生懸命生きましょうって、つまらない美辞麗句しか言えなかった。それから、白浜君は二度と、私とは何も話してくれなくなった」

小雪は俯き、そしてまた話を続けた。

「白浜君には、私の無責任さが見えていたのよ。心のこもっていない、上辺だけの優しい口調、瞳の奥にある身勝手さ、無責任さ。きっと、白浜君には見えていたの。祖父に関しても、そう。もっと生きているうちに話をたくさん聞いてあげれば良かった。祖父が抱えているものを、共有してあげれば良かった。どうして、私はいつも、人の痛みに寄り添えないんだろう」

小雪の目からまた涙が溢れた。

「だけど、少なくとも彼、シラハマ君は今、生きている。そして、小雪は今、自分の後悔としっかり向き合ったんだ。だから、きっと、彼とやり直せるよ。転がっていったリンゴを、ずっとずっと坂を下って追いかければいい」

トーリャは手を伸ばしてテーブルの上の小雪の手を握った。

「そうね、たくさんの置き去りにしてきた後悔があるけれど、出来ることなら、ここからきちんとやり直したい。人と心で向き合えるようになりたい」

小雪はトーリャを真っ直ぐに見つめた。

「さっき、僕は、人は時としてとても臆病になることがあると言ったけれど、その一方で、とても勇敢になることもできると思うんだ」

「ええ、私もそう信じたいわ」

「今の小雪は、おじいさんの時計のために、リスクを冒して、一人で国境まで越えてしまうんだから。君の大事な生徒のことも、もう一度必死で追いかけたらいいんだよ」

トーリャが優しく笑った。

「わかった、日本に帰ったら、必ずそうするわ。ところで、さっきの話だけど、夏さんの娘さんを探す協力をして欲しい。夏小紅、一九九一年十二月二十五日生まれ、どうかお願いします」

小雪はトーリャに頭を下げた。

「ああ、頑張ってみるよ。ロシアだけでなく、黒河周辺も、知り合いに頼んで探してみる」

「本当に、ありがとう、スパスィーバ《ありがとう》！」

中国黒河口岸に戻った小雪は茫然自失としていた。まるで三途の川を渡り、彼岸を覗いて此岸に戻ってきたような気分だ。

小雪は、ブラゴベシチェンスクへ行ったことは夢だったのではないかと思い、カバンの中を確認した。トーリャから渡された布製の小袋を開けると、栄一郎の形見である腕時計が静かに輝いていた。

小雪はおもむろに時計を自分の腕につけてみた。ベルトには少しの緩みがあったが、それが女性ものであるのに間違いはなかった。どうしてこれまで一度もこの時計をつけようとしなかったのか、小雪は不思議に感じた。

時計は、肌当たりが心地よく、滑らかな手触りだ。小雪は時計にそっと耳をあてた。針は停まっていて、中から振動音は聞こえてこない。それでも、小雪は知っている。世界が、一秒一秒と、確かに今を刻んでいることを。

# 第十三章　山吉製作所・所沢研究所にて　一　（一九六一年冬　栄一郎）

一九六一年十一月二十一日、山吉製作所の所沢研究所でちょっとした事件が起きた。チタン製ケースの開発部がボヤ騒ぎを起こしたのだ。チタンの研磨中に切り粉が燃え、テーブルに積んでいた資料に火が着いたのである。

研究室で常備していた金属火災用の粉末消化剤では足りず、グラウンドの砂場から砂を運んでかけてようやく火は収まった。

チタンの特性を理解していない社員の中には、バケツに水を入れて持って来て、火を鎮めようとする者がいたが、友蔵は大声で叫んでこれを静止した。高温のチタンは水分子から酸素を奪い、水素を発生させて水素爆発を引き起こす危険があるのだ。

気付けば、プロジェクトが始動してからもう二年半が経っていた。

当初は既存のステンレス加工用の設備で切削できると考えていたが、チタンは切削中に削りカスが工具に付着しやすく、工具の磨耗や破損を度々誘発した。溶接の際にも、チタンは酸化しやすい性質を持つため、高温状態が続くと酸素と結合してボロボロになってしまうという問題が起きていた。切削、溶接、研磨、どの工程においても一筋縄ではいかなかった。さらに、チタンそのものの価格が高いことも、研究予算上の大きな負担となっていた。

「火事は困るよ、火事は。もう一度燃えたら、山吉製作所は終わりなんだよ」

朔太郎は怒りを露わにした。東京大空襲で全焼した板橋工場を見ているから、なおさらだ。

「申し訳ありませんでした。安全管理体制について、早急に見直します」

栄一郎は深々と頭を下げた。

「本当にチタン製のケースなんてできるのかね。完成の前に、うちの会社は金がなくなって潰れてしまうかもしれないな」

試作品の完成の目処がなかなか立たないことも、朔太郎を苛立たせていた。

「私が生きているうちには、できるでしょう」

直哉が爪を切りながら呑気に言った。直哉は栄一郎たちが日夜奮闘していることをわかっているからだ。試作品の完成を誰よりも待ち望んでいるのは、開発チームのスタッフたちに違いなかった。

「呑気なことを言っていては困りますよ。もうA社だってチタンの価値に気付いているはずだ。資金や設備、人材、どれを取ってもうちに勝ち目はない。寝ないで開発して、先を行くしかありません」

朔太郎が栄一郎にプレッシャーをかけた。

「君はしょっちゅう社長室で居眠りしてるのに、社員には寝るなと言うのかい？」

直哉が嫌味を言った。

「とにかく、時代の波に乗るには、スピードが何より大事なんです。栄一郎、このプロジェクトには山吉製作所の未来がかかっているんだ。今一度、気を引き締めて取り組んで欲しい」

「わかりました。チーム一丸となって頑張ります」

栄一郎は朔太郎に再び頭を下げた。


その日、直哉は栄一郎を連れて浅草橋の料亭を訪れた。板橋からは若干不便な場所にあるが、ここの女将が直哉のお気に入りなのだ。二人は奥の個室に通され、清酒の熱燗で一息ついた。

「朔太郎も、本当はわかっているんだ。お前が必死にやっていることをね」

直哉は朔太郎をフォローしてそう言った。

「今回の件は、完全に私のミスです。朔太郎兄さんが怒るのも当然です」

「安全面には重々気をつけてくれ給え。ただ、新しいことをやるのに失敗は付き物だ」

「早く、世の中に出せるものを作りたい」

栄一郎は拳を握りしめた。

「焦る気持ちは分かるけれど、モノづくりというのは、そのものとじっくり向き合うしかない。この清酒だってそうだ。一麹、二酛《にもと》、三造り。酒造りでは麹を造る工程が一番重要とされている。製麹で大事なのは、麹の原料となる蒸米を理想通りに仕上げることだ。目利きの杜氏は、毎日の気温や湿度、米の状態を見極め、洗水や蒸し時間を微調整する。とはいえ、初めて扱う品種の米であれば、その特性がわからない。だから、実際に蒸しあがった米を食べたり触ったりしながら、徐々に経験を重ねて理解していくしかないんだ」

栄一郎は直哉にそう言われると、お猪口の中の無色透明の清酒が、より有り難いものに思われた。職人の日々の研鑽の末に生まれた味わいを、じっくり堪能したいと思ったのだ。

「そうだな、チタンという素材も、人間と同じで癖のある生き物だと思って接したらいい。どんな性格なのかを見極めて、手はずを整えてやることだ」

直哉のその言葉は、栄一郎にとって目から鱗だった。日夜、正体不明の無機質な物体と格闘しているつもりだったが、これを人間だと思って向き合えば、もっとその特性を理解し、正しく扱えるのではないかと思えた。

きっと、できる――栄一郎は心の中でそう強く誓った。

# 第十四章　腰屯村にて　三

（二〇二〇年夏　小雪）

ブラゴベシチェンスクでトーリャから栄一郎の時計を返してもらった小雪は、翌日、孫呉の夏の家を訪れた。

黒河から孫呉までは高速バスで移動し、駅でタクシーを貸し切って、記憶を頼りに、夏の家を探し出した。

敷地の砂利が車のタイヤで踏まれる音を聞いた夏は、「何事か」という様子で家の外に出てきた。

「ただいま！」

と、小雪はタクシーから降りながら、夏に向かって叫んだ。

夏は小雪の再訪に驚きながらも喜んでいるようだ。

小雪は運転手にトランクを開けてもらい、大きな麻袋を二つ抱えて夏の家の中へ運び込んだ。

「これまた、なんの騒ぎだい？」

と、夏が尋ねた。

「助けてもらったお礼に、黒河でお土産を買ってまた来るって言ったでしょう」

小雪はそう言いながら、麻袋から布団や鍋などの生活用品を次々と取り出した。

「こんなにたくさんのものを、私に？」

「そう。話すと長くなるけれど、捕られたお金も、大事な時計も戻ってきて、夏さんには感謝してるから。それに、この間は美味しいご飯もご馳走になったし」

「大事なものが返ってきたのはよかった。でも…」

夏は困惑しながら、台所のかまどから餃子を皿にすくってテーブルの上に置いた。調理の最中だったようだ。

「茴香の餃子ね！　一昨日食べてから、ずっとその香りが忘れられなかったの」

小雪が言った。

「さあ、冷めないうちに食べよう」

夏が小雪を急かすので、小雪は持って来た生活用品を取り出すのをやめて席についた。

「娘も、このクセのある茴香の餃子が大好きだったんだよ」

夏は餃子を頬張る小雪の顔を見て、懐かしそうに言った。

「ねえ、もし私が今日、すごいニュースを持ってここにやって来たとしたら、どうする？」

小雪が含みを持って言った。

「どういうことだい？」

夏が小雪に尋ねた。

「メドベージェヴァ・シャオシュエ」

小雪が得意げに言った。夏は不思議そうに首を傾げている。

「ロシアに頼れる知り合いができて、娘さん、小紅を探してもらったの。昨日のお昼に依頼して、夜にはそれらしき人が見つかったのよ。おそらく、娘さんは川の反対側のロシアにいると思う」

「小紅がロシアに…」

夏は言葉を失った。

小雪はトーリャから昨夜、夏の娘らしき中国人女性が見つかったと電話で連絡を受けたのだ。トーリャには夏の娘について、本名の「小紅《シャオホン》」という名を生年月日と共に伝えていたが、見つかったのは「小雪《シャオシュエ》」という名の女性だった。

「メドベージェヴァ・シャオシュエ」。

ロシア語には男性格と女性格があり、「メドベージェフ」という姓の男性と結婚して、「メドベージェヴァ」という姓になったのだろうという話だった。

トーリャは彼女の名前が「シャオホン」ではないことで確証を持てない様子だったが、小雪はその女性で間違いないと思った。

「セルギエフ・ポサードという、モスクワの北北東約七十キロの町にいるそうよ」

小雪が言った。

「モスクワというのは、うんと遠いね」

夏が途方に暮れて言った。

やがて夏は急に立ち上がり、小雪を居間に置いてふらふらと寝室の奥へ入ってしまった。予想もしない出来事に、混乱しているようだ。

「大丈夫？」

と、小雪はしばらくして夏の部屋を覗いた。

夏は、ベッドの端に腰を下ろし、丸まった背中で一冊のノートを眺めていた。

ノートには、農作業を手伝う黄牛や、色鮮やかなスイカの絵が描かれている。

「娘さんが描いた絵？　本当に上手ね」

小雪はノートの絵に感心した。

「小紅は、勉強は出来ないけれど、絵だけは上手くてね」

夏は古いノートをめくりながら、小紅の思い出を語り始めた。

＊＊＊

二〇〇一年七月五日、農作業を終えた夏は、自宅で家族と一緒に寛いでいた。テーブルには、今年の初物のスイカが並んだ。

「お父さん見て！　スイカの絵！」

夏の娘・小紅は、夏から新しく買ってもらったノートに絵を描いている。小紅の描いたスイカは、それ一個でテーブルの板を埋め尽くすほどに大きい。

「これはずいぶん大きなスイカだな。うちの畑では採れそうもないサイズだ」

夏が笑って言った。

「ノートの中は自由よ。大きいスイカを食べたかったら、大きく描くこともできるし、畑には黄牛だけじゃなく、馬や羊も放すことができるの」

小紅が言い返した。

「じゃあ、お母さんも、とびっきり綺麗に描いてちょうだい」

台所仕事をしていた暁暁が、居間に入って来た。

「とびっきりってどのくらい？」

小紅が暁暁に聞いた。

「お姫様みたいに綺麗に描いて」

「うん、わかった」

小紅は、乱れた髪をかきあげる暁暁をじっと見つめて、真剣な顔つきでペンを握った。


二〇〇四年十二月五日、孫呉県・腰屯郷は大雪に見舞われた。一年半前に大腸がんが見つかり、抗がん剤治療を受けている暁暁は、吐き気と腹痛で、ベッドに横になっていた。

夏は台所で、暁暁に少しでも栄養をつけさせようと、卵雑炊に小さく刻んだロバの肉を入れて煮込んでいた。

小紅は、居間で教科書を立てて勉強をしているふりをしながら、ノートに絵を描いている。夏は雑炊を盆に乗せ、暁暁のいる部屋へ入った。

「今日は、ロバの肉を五百グラム手に入れたよ」

「高かったでしょう」

暁暁が起き上がって言った。

「役者のアルバイト代が振り込まれたから。そろそろ薬が切れるから、黒河の病院にも行かないといけないね」

「私、億劫だわ。外はとても寒いし」

「それじゃあ、薬だけ処方してもらえるように、病院に頼んでみるよ」

夏が言った。

「ねえあなた、薬なんて、もういいのよ。薬を飲むと、気分が悪くなって、とても起きていられない。私、残された時間を、人間らしく暮らしたいわ」

「残された時間なんて言わないでくれ。薬を飲んだら、必ず治るんだから」

隣の部屋で聞き耳を立てていたのであろう小紅が、突然部屋に入って来て、暁暁の布団の中に潜り込んだ。

「寒くて勉強なんかしてられない！　春まで冬眠させて！」

小紅は二人のしめったい空気を、戯けることでわざと壊しに来たのだ。

「わかったわ、春までお母さんと一緒に冬眠しよう。学校には、小紅は冬眠中ですって連絡しておくわ」

そうして小紅と暁暁は、雑炊を一口二口食べて、抱き合ったまま眠ってしまった。夏は居間のテーブルの上に無造作に置かれた、小紅のノートを覗き込んだ。

勉強をした形跡はなく、代わりにノートには夏や暁暁をモデルにした落書きがびっしりと描かれていた。

その絵の中で、小紅と思われる女の子が瓶を握っていた。瓶には「魔法の薬」、「なんでも治る」の文字が刻まれており、夏は悲しく顔を曇らせた。

＊＊＊

夏は話を終えると、開いていたノートを閉じた。そうして、ベッドの先の洋服箪笥《だんす》の方をぼうっと見つめた。箪笥の上の置き時計は、六時半で止まっていた。

「あの子は、お母さんっ子だったからね。多感な時期に妻が亡くなって、相当なショックだったんだろう」

夏がうつむいて言った。

「でも、また会えるわ」

「俺に会いたくないんだろう。だから娘は帰ってこないんだ」

「何か事情があったに違いないわ。お父さんには、きっと今だって会いたいはずよ」

小雪は夏を励まして肩をさすった。

「その時計も、止まったままだね」

小雪のつけている時計が止まっていることに気づいた夏が言った。「その時計も」というのは、夏が自分の部屋の時計が止まったことに気づきながら、放っておいていることを意味していた。

「これは、私の祖父が開発した時計なの」

「立派な時計だ。電池を換えて大切に使えばいい」

夏が感心して言った。小雪は、夏の着ている軍服のワッペンをじっと見つめた。

「……実は私の祖父、戦争の時、このあたりにいて。それで、何か心残りがあって、三架山の近くにいる誰かに、この時計を渡して欲しいって言って亡くなったの」

「それでこんな辺鄙な場所までやって来たんだね」

小雪の事情を理解した夏が言った。

「時計を誰に渡したらいいのか、正直、検討もつかないのだけど」

「もしよかったら、小雪のおじいさんの話を聞かせてくれないかね。小雪は、なんの繋がりもない俺の娘の居場所を探し当てた。点と点が繋がって線になるということは、往々にしてあるのかもしれないよ」

こうして小雪は、栄一郎の過去、そして時計にまつわる話を、すべて夏に打ち明けたのだった。

# 第十五章　山吉製作所・所沢研究所にて 二

（一九六五年冬　栄一郎）

一九六五年十二月二十八日、山吉製作所は純チタンの研磨加工方法について特許を取得した。純チタンの加工では、プレス加工、切削加工に続き、これで三つ目の特許取得となる。

直哉は栄一郎と友蔵を労うために、浅草・舟和の芋ようかんを持って所沢研究所を訪れた。

「いやあ、本当によくやった。去年は東洋の魔女や遠藤幸雄の金メダルが見られて、今年は山吉の快進撃。こんな嬉しいことはない。もうこの世に未練もないなぁ」

直哉が言った。

「気を抜くのは早いですよ。まだ、後の工程がありますから。洗浄に関しては、コツを掴んできました。あとは、表面硬化処理をどうするかです。構想は出来ているんですが、いつ設備を揃えられるか、この工程が最も時間もお金も掛かりそうです」

栄一郎はそう言って芋ようかんに手を伸ばした。

「それでだね、今日はお客さんを連れて来たんだよ。もうそろそろ着くはずだ」

直哉がそう言うと、間もなく女性社員がドアをノックした。

女性社員の案内で入室してきたのは、A社の購買担当・山口と、製品総括本部技術開発部の行定《ゆきさだ》だった。

芋ようかんを頬張っていた栄一郎と友蔵の表情が、一変して緊張に包まれた。

「ご歓談中、失礼します」

山口はそう言って会議室の上座に着いた。行定も山口の隣に座った。

山口は、「イノベーションのない下請けは生き残れない」と言って直哉を焚きつけ、山吉製作所のチタンケース開発のきっかけとなった張本人だ。山吉製作所のチタンケースは未完成で、社外秘で溢れる研究所に部外者を招くなんてことは考えられないのだ。

「このたびは、特許の三連続取得、おめでとうございます」

唖然とする栄一郎と友蔵に、山口が深々と頭を下げた。

「ありがとうございます」

栄一郎が戸惑いながら礼を述べた。友蔵は依然、警戒態勢で、直哉だけが涼しい顔でお茶を啜っている。

「実は昨年から山吉会長と純チタンを用いたケースの開発について水面下で相談をさせて頂いていました。そして、お互いに最も良い結果を出すために、協力して開発を進める方法を模索していました」

山口が言った。

「そうだったんですか。会長は今の今まで何も言ってくれなかったから、びっくりしましたよ」

栄一郎の言葉には、直哉への恨み節が含まれていた。自分達で開発をするはずではなかったのか、と思ったのだ。

「御社のチタン研究の精緻さには頭が下がります。一つ目の特許を取られる前、もう早い頃から、山吉の優秀な研究者たちが所沢に籠ってチタンについて大変な研究をしているというのは、業界で噂になっていましたから」

栄一郎が言った。

「私たちがただ研究馬鹿になっていただけで、周りにはとっくに知られていたんですね」

「どの企業もこぞって真似を試みました。だけど、純チタンではあまりに加工が難しすぎた。それで、アルミニウムやバナジウムを混ぜてチタン合金にしたんです。山吉の研究室には、南方戦線を戦い抜いて帰った将校が二人もいて、気概からしてとても敵わない、と言って、みんな純チタン加工の匙を投げたんです。山吉は、どうして純チタンにこだわったんですか？」

山口が友蔵を見つめた。行定も興味津々の様子だ。友蔵は喉につかえていた芋ようかんをお茶で流し込んでから話を始めた。

「我々は当初、チタンの軽さに着目しました。山吉専務が、いつかは、女性や子どもでもつけられる時計というのにこだわって、開発では軽量化を重視したんです。何と言っても、チタンはステンレスより四十パーセントも軽いんですから。それから、チタンの表面に形成されている不動態化被膜によって耐金属アレルギー性が極めて高いことが分かりました。自分の妻には金属アレルギーがあって、ステンレスの時計ではかぶれてしまうんです。それで、きっと世の中にはこういう人が他にもいるんだろうなぁと。合金化したら、確かに加工は簡単になるけれど、せっかくのチタンの金属アレルギー耐性が損なわれてしまう。それは勿体無いので避けたいと思いました」

「純チタンの加工は非常に難しい。我々も試しましたから、御社の苦労と努力は理解しています」

行定は同じ開発の立場から友蔵のことを尊敬しているようだ。

「プレス加工では、柔らかくて粘り気がある特性に苦労しました。金型への切り屑の付着を防ぐため、離型には十分注意しました。切削加工も骨を折りました。工具の歯先に切り屑が付いたり、加工面が綺麗に仕上がらなかったり、試行錯誤しました。研磨中にボヤ騒ぎを一回やって、あの時は本当に心臓が止まるかと思いましたね」

友蔵が当時を振り返って懐かしそうに言った。

「洗浄については、引き続き御社に知恵を貸して頂きたいです。既に経験があると思いますので。表面硬化処理については、昨年、山吉会長と話し合いを持ってから、弊社の方で既に独自に動き出しているんです」

山口が前のめりになって言った。

「それは、心強い。安心しました」

それは友蔵の本心だった。チタンは加工が難しいだけでなく、ケースとして使うには一つ致命的な問題を抱えていた。素材が軟らかいため、摩擦に弱く、表面に傷がつきやすいのだ。そこで、硬化コーティングを行わなければ製品にならないのだが、研究室ではコーティングを二重構造にするというところでアイデアが止まっていた。もし自分達で表面硬化加工まで行った場合、純チタンのケースが世の中に出るのは当分先の話になるか、夢のまた夢で終わりかねないだろうと友蔵は考えていた。直哉はそれを分かった上で、最終加工についてA社と協力することにしたのだ。

「今の予測計算ですと、弊社の表面硬化処理後はチタン合金以上の表面硬度になります。これによって、軽くて、耐アレルギー性に優れ、丈夫という、最高の時計ケースが誕生するはずです。スイスだってまだやっていない、世界初の時計ですよ」

山口が興奮気味に言った。

「素晴らしいです。土台は、山吉で責任を持って高品質に仕上げますから、どうか我々の子ども達を、綺麗に化粧してやってください。お願いします」

栄一郎が頭を下げた。初めこそ不信感を持っていた栄一郎だったが、今は内心ホッとしている。こうして、「新素材Xを使用した腕時計ケース」の誕生が、いよいよ現実味を帯びてきたのであった。

一九六八年十月一日、世界初の純チタン製腕時計「UT2-YACHIOYO」がA社から二千五百本限定で販売された。

名付け親は、栄一郎本人である。名前の「UT」は、チタンに特殊表面硬化処理を施したA社オリジナル素材の「ウルトラチタン」を意味し、数字の「2」はチタンの純度を表すグレード2に由来している。また、「YACHIOYO」には、時を越えて長い時間、永遠に愛される時計であって欲しいという願いが込められている。

ケース径は女性用・男性用で三十五、四十ミリの二タイプがあり、星の輝きをイメージしたゴールドカラーの外装は、見た目には重厚感があるが、その重量は径四十ミリのものでもわずか八十五グラムと軽量で、意外なほどの軽やかな着け心地を実現した。

軽量、耐食性に優れ、肌に優しく、そして丈夫。A社オリジナルの新素材、ウルトラチタンの登場は、日本国内のみならず、世界中の時計愛好家や業界関係者の注目を集め、センセーショナルな出来事となった。

ウルトラチタン開発の礎を築いたと言える山吉製作所の板橋本社でも、各部門で歓喜の声が上がっていた。栄一郎は友蔵を含む開発チームの仲間八名と共に、社名石の前に立って記念撮影をしている。

開発チーム全員の腕には、UT2-YACHIOYOが輝いていた。A社の計らいで、シリアルナンバー入りの特別仕様が十本、山吉製作所に寄贈されたのだ。

写真撮影を終えると、嬉しいサプライズがあった。開発チームの仲間達が花束を持って友蔵の前に現れた。今日は、「UT2-YACHIOYO」の発売日であると同時に、山田友蔵の誕生日でもあった。

「山田部長、おめでとうございます！」

開発部の一番新米である中井が花束を手渡した。

「山田部長のここがすごい！」

中井が突然大声で叫んだ。他の六名の社員が中井に続いた。

「一、二日寝ないでも、へっちゃら！」

「二、怖い、厳しい、思いやりがある、頼れるリーダー！」

「三、絶対に諦めない、チタン並みに粘り強い！」

「四、手先が器用で、溶接のプロ！」

「五、甘いものが大好き！　ようかんが主食！」

「六、チタン研究の第一人者、時代を切り開いた伝説の男！」

友蔵はクックックと笑いを押し殺している。栄一郎も、満面の笑みでそれを見つめている。

「ようかんが主食は関係ないだろう」

友蔵が中井を小突いた。

栄一郎が空を見上げると、快晴の秋空に、白い鳩の群れが悠然と舞っていた。研究開始から丸九年、新生面が開かれた山吉製作所には、達成感と安堵感で、晴れやかな空気が流れていた。

# 第十六章　套子《トウコ》にて

（二〇二〇年夏　小雪）


夏は異国の男である小雪の祖父が経験した激動の人生に、じっと聞き入っていた。

「何か、嫌な気持ちにさせることがあったらごめんなさい」

小雪が夏の顔を不安そうに見つめた。

「いや、ただただ、不思議だなと思って。日本人の一生を聞くことなんて、考えたこともなかった。それは、俺の家族の話を聞かされた小雪も同じだろうけど」

夏が言った。

「点と点が繋がって線になることがあるって夏さんは言うけれど、私たち、ずいぶんと離れた点だったわね」

「確かに。でも、止まったままの時計を使っているという共通点がある」

夏が小雪の時計を見て笑った。

「そろそろ針を動かさないといけないね。さあ、まずは部屋の大掃除をしましょう。娘さんには、きっと近いうちに会えるわ」

小雪は、部屋中の埃を掃き出し、寝具や調理器具を新しいものに交換した後、ペンキを持って外に出た。そして、外壁に赤字で書かれた「小日本」の文字を、迷いなく塗りつぶした。

夏はしばらくの間、小雪によって真っ白に塗られた外壁を眺めていた。

「三架山に行こう」

夏は家の中に戻るなり、小雪に提案した。

「一緒に行ってくれるの？」

「あの車を待たせているのだって、そのためだろう」

小雪が孫呉駅でチャーターしたタクシーは、「夏の家で二時間滞在する」の指示に従って、夏の家に戻って来たのだ。

「夏さんがいたら、それはすごく頼もしいわ」

小雪が嬉しそうに言った。


小雪と夏を乗せた車は腰屯郷を出発し、県道一八六号を北上して行く。やがて左手には西神山、樺樹林山、四里山など、標高三百メートルに満たない低山が次々と姿を現した。そして、県道一八六号が国道三三一号に名前を変えた頃、右手前方に水面を黒々と光らせた黒河が突然姿を現した。

「名前の通りの黒」

小雪が黒河の水面を見つめて言った。

運転手が言うには、黒河が黒く見えるのは、川の中に「チェルノーゼム」と呼ばれる黒い土が堆積しているからだそうだ。この土は落ち葉などからつくられる腐植層《ふしょくそう》と炭酸カルシウムの集積層から成り、主にステップ気候で見られるという。

養分をたっぷり含んだチェルノーゼムが流れ込んだ黒河の水は農耕用水として適し、これによって川の両側には広大な肥沃農業地が形成されている。黒河は国境線として中国とロシアを隔てながらも、両国に等しく恵みをもたらしているようだ。

「三架山だ」

夏が左手に見える、なだらかな稜線の低山を指差した。タクシーはしばらく走り、登山道の入り口に停車した。

「思ったより、高木が少ないのね」

車を降りて辺りを見回した小雪が言った。

「火災のせいなんだ。一九八七年に、ここら辺を含む大興安嶺地区一帯で百万ヘクタールを焼き尽くす森林火災があったんだ。新・中国が設立して以来、最大規模の火災だった」

夏が小雪に説明した。

「それで樹齢が長い木々を消失してしまったってわけね…」

「ここら辺の森林では、春と秋、大なり小なり火災が起きるんだ。乾燥している上、降水量が少ない地域だから」

「それでもまた、こうして緑を再生させるのが自然の逞しさね」

小雪が目の前に広がる森林を眺めて言った。

「自然は偉大だね。何度でも生まれ変わる」

夏が三架山を仰ぎ見ながら、しみじみと言った。

小雪は夏の言葉を聞いてふと、栄一郎の手記に書かれていた短歌を思い出した。沖縄戦で玉砕した牛島満が詠んだものだ。

秋待たで　枯れ行く島の青草は　皇国の春に　甦らなむ

自然の大きな営みの中で生き死を迎える人もまた、草木のように生まれ変わるのだろうか。滔々と流れる黒河、燃え尽きても再び若木が芽吹く大興安嶺山脈、川の両岸で起こった、たくさんの人々の生死を囲るストーリー。小雪は、魂の行方に想いを馳せた。

登山道沿いにはアカマツの林が広がり、地表をシダ植物の葉が覆い隠している。今はもう、この辺りにオオカミといった危険な野生生物は生息していないそうだが、鬱蒼とした林には何が隠れているか分からない不安感があり、その雰囲気は恐ろしげだ。

小雪と夏は二十分ほど歩いて、頂上すぐ近くの見晴台に辿り着いた。見晴台と言っても、ベンチなどが備え付けられているわけではなく、足場が広く、視界が開けているというだけの場所である。

見下ろすと、農耕地の先に黒河の派川が二本見えた。

小雪は、何となく、そこがたま子の父・憲一が絶命した場所かもしれないと思い、ハッと息を飲んだ。どうしてそう思ったのかは分からない。

大地があり、水があり、緑があり、爽涼の気が流れている景色の中に、鋭い機銃の音が響き渡り、安寧が切り裂かれた瞬間というのが心に浮かんだのだ。

小雪は、その銃声の余韻が心の奥で消えていくのを待ち、それからそっと、憲一の魂に手を合わせた。

「おじいさんの戦友が撃たれたって場所は、あそこら辺だろう」

小雪は夏が自分と同じ直感を持ったことに驚いた。夏は、小雪の見つめる派川の方向を指差した。

「どうしてそう思うの？」

「四季閒から真冬に大きな荷物を背負って斥候に出るとして、いくら無茶な計画を組んだとしても、片道五キロが限界だろう。いくつもの波川が入り組んだ複雑な河道になっていて、五キロ圏内というと、あの中洲の先の凍結した本流上で撃たれたと思うんだよ」

夏には小雪の直感と違って、明確な根拠があるようだ。

「黒河は、モンゴル高原東部のロシアと中国の国境にあるシルカ川とアルグン川の合流点から始まって、北から南、ロシアから中国の黒竜江省へ流れてくる。それから、黒河市の愛琿森林公園の辺りで河道が下り階段のようになって、四季閘で完全に西から東へ一直線の流れになるんだ。四季閘より東五キロメートルにあんな波川はないから、小雪のおじいさん達は四季閘から河に沿って北上したに違いない」

「夏さん、地形に詳しいのね」

小雪が感心した。

「学校には行ってないけれど、地図を見るのは好きなんだ」

夏が照れ笑いをした。

「ほら、左手を見てごらん。波川の手前に集落があるだろう。あれは、套子という集落だ。その先に、林のような緑地がある。それに、確かに昔、套子の近くに、狼林と呼ばれる林があったような気がするんだよ」

「じゃあ、おじいちゃんはこの直線上に見える中洲の辺りで遭難して、あの林を抜けて、套子という村にたどり着いたの？　でも、套子は四季閘の基地とは反対方向に位置するわ」

小雪が不思議そうに言った。

「どうして小雪のおじいさんが四季闇と反対方向に進んでしまったかはわからないけど、この辺りにある集落と言えば、あそこくらいしかない」

「そっか…。あの集落に、おじいちゃんの時計を欲しがった、例の少年がいるかもしれないのね」

「明日にでも套子へ行ってみよう」

夏が小雪に言った。


その日小雪は孫呉駅近くのホテルに泊まり、翌日、再びタクシーをチャーターして夏の家へと向かった。家から出てきた夏は例の軍服をもう着ていなかった。

「普通のジャケットも似合うわ」

夏は小雪が黒河で買ってきた麻のジャケットを着ていた。

「何から何までありがとう」

夏が照れくさそうに言った。

「ちょっと待って」

そう言うと小雪は一人で夏の家の中へと入って行った。そして、寝室の時計の電池を換えたのだ。

単三電池を入れた時計は動き出し、小雪はスマートフォンで時間を確認して八時五分に合わせた。

套子には九時ごろ到着した。

村の入り口にある「套子」と書かれた標識の脇に車を停めて、運転手に「村民委員会事務所」の場所を確認してもらった。中国全土で毎年実施されている、全国人口調査の際に、村民の戸籍資料をまとめている機関だ。そこへ行って、張白の息子の手掛かりを得ようというわけである。

「もう八十歳近くて、しかも『張』はありふれた名字…。本当に本人が見つかるのかしら」

小雪が弱気になって言った。套子の村は思ったよりも戸数が多く、町並みも発展していた。

再び五分ほど車を走らせ、小高い丘の上にある套子村民委員会にたどり着いた。夏は率先して中に入っていき、タバコを渡して人に話を聞いている。

「この村には、村民が千八百人もいるそうだ。張って名前の人間もたくさんいるってさ」

小雪の元に戻ってきた夏は、そう言った。しばらく二人が途方に暮れていると、眼鏡を掛けた五十前後の男性職員が近付いて来た。

「張白さんの息子を探してるんですね？」

男が尋ねた。

「ええ、この子、わざわざ日本から張白さんの息子さんに渡したいものがあって、套子までやって来たんですよ」

夏が答えた。

「おかしいな。自分が新人だった二十年くらい前にも、あなたと同じ、日本人の女性がここにやって来て、その張さんを探していたんですよ」

「ええ？」

小雪は訝しんだ。小雪の前に誰かが張白の息子を訪ねに来ていたというのだ。小雪以外で張白の息子のことを知る日本人女性というのは、たま子くらいだろう。実は、たま子は小雪に話していないだけで、以前ここに来ていたのだろうか。

しかし、「旦那さんが中国人らしく、現地の人間かと思うほど流暢な中国語を話していました」ということは、たま子ではないらしい。

「とにかく、その日本人女性が探して会ったのは、張子竜という男性です。彼の家は、派出所の近くで携帯電話販売店をやっているから、すぐに分かりますよ」

男が言った。

「ありがとうございます、ありがとうございます」

小雪は繰り返し礼を言ってその場を後にした。

それにしても、一体、誰が、何のために張の息子を探していたのだろうか。その人物は、栄一郎とはどんな関係にあるのだろうか。

派出所から二十メートルの場所に、「OPPO」と書かれた携帯電話販売所があった。小さな店舗だが、白熱灯で照らされた床は綺麗に磨かれていて、自動ドアの両脇には赤い花をつけた台湾ツツジの盆栽が二つ置かれている。その様子から、店主が大切に店を手入れして経営しているのがうかがえた。

夏が「家族の大事な話をするのは、小雪一人がいい」と言うので、小雪は一人で店内に入った。夏を乗せたタクシーは、ガソリンを給油するため、その場を去った。

小雪が「ごめんください」と中国語で呼びかけると、五十前後の店主と、二十代の若い女が店の奥から出て来た。

「ここは、張さんのお店ですか？」

小雪が尋ねた。

「そうですけど、何か？」

女の方が怪訝な顔で小雪を睨んだ。

「張白さんの息子さんとお話がしたくて、日本から来たんです。私は日本人で、山吉と言います」

日本人と聞いて、女はもっと怪訝な顔をした。そこに男が割り入った。

「分かりました。あそこに掛けてください。お前は中に入ってなさい」

男は小雪を店内のテーブルに導いて、娘と思われる若い女を店の奥に戻した。男は、ポットから白湯を紙コップに注いで、小雪の前に差し出した。

「初めまして。私は、山吉小雪と言います」

小雪が自分の名前を男に伝えた。男は、ここら辺では見かけないであろう日本人女性と向き合っても、驚いた様子が少しもなかった。

「私は張儀友です。張白は祖父で、父は張子竜です」

男は張白の孫だった。

「私の祖父は、昔、張さんのおじいさんに、遭難していたところを助けていただいたんです」

「なるほど……」

儀友は何かに納得したという調子でそう言った。

「あの…。張さんのお父様は、今もご健在ですか？」

小雪が尋ねた。

「父は昨年亡くなりました」

「そうでしたか…」

やはり、張白の息子は、既に亡くなっていた。

「父が、あなたのおじいさんの時計を欲しがったんですよね？」

今度は儀友が小雪に尋ねた。

「ええ、ええ、そうなんです。お父様が張さんにお話されたんですか？」

「いえ、父はそのことは忘れてしまっていて。子どもの時に、日本兵が家に来たことを漠然とは覚えていたみたいなんですが」

「じゃあ、どうして時計のことを？」

小雪が不思議に思って聞いた。

「二十年、いや、二十五年くらい前に、でしょうか。小雪さんと同じ、日本人の女性がうちに来たんです。その時には、父も健在でしたから」

先ほど村民委員会で耳にした女性のことだろう。

「百…。百じゃなくて、そうだ、思い出した。千代さんという女性でした！」

儀友が女性の名前を思い出して、大きな声で言った。

千代。それは、たま子の口から聞かされていた名前だった。栄一郎が孫呉にいた頃、懇意にしていた女性のことだろう。

「もしよければ、その時の話を詳しく聞かせていただけませんか？」

小雪は儀友に、千代が来訪した際の話を聞かせてくれるよう頼んだ。

＊　＊　＊

一九九六年五月三日、一人の年老いた女性が、張子竜と息子である儀友の営む自転車修理屋を訪れた。女性は千代と名乗る日本人で、細身というより痩せすぎており、吹雪の中で羽を畳んでじっと耐え忍ぶ白鶴のように儚げな印象を与えた。

千代は店主の子竜を訪ね、内モンゴル自治区の海拉爾《カイラジ》から十九時間かけて汽車を乗り継ぎ、はるばる套子までやって来たという。あいにく子竜は留守で、妻の徐梅と息子の儀友が応対した。

「連絡もせず、突然押し掛けてしまい、ごめんなさい」

徐梅は、自分よりもずっと年配のその女性を、夫の過去の女性ではないかと勘繰り、明らかに不快な態度を取った。嫉妬のような感情はとうに失っていたが、初孫が生まれたばかりの穏やかな老後を、突然の来訪者に壊されたくはなかった。しかし、その誤解は、千代が子竜本人を知らない様子から、一瞬で解かれた。

千代の説明は、こうだった。

戦時中、恋人だった日本人兵士が雪原で遭難したのを、子竜の父である張白が助けた。その後、千代の恋人はフィリピンへ出征して、それきり二人が再会することはなく、大陸に残された千代は戦後の混乱の中で中国人の農民の男性と結婚した。

今は内モンゴル自治区の海拉爾に住んでいて、昨年、中国人の夫が亡くなったので、これを機に日本へ帰国しようと思う。帰国の前に、かつての恋人の命を繋いでくれた張白の家を訪れたかった。そして、恋人が大陸を離れる際に、命の恩人である張白の命を救えなかったことを悔いていたので、自分が今日、かわりに詫びたい。張白の息子である子竜には、罵詈雑言を浴びせられる覚悟でここまで来た、と千代は言うのだ。

徐梅の出したお茶を淹れたコップを、枯れ木のような腕で持ち上げる千代を見て、徐梅はひどくいたたまれない気持ちになった。戦後、引き揚げできずに中国残留婦人となった日本人女性は、徐梅の周囲にもいた。慣れない土地での生活は決して楽ではなく、さまざまな苦労を強いられることもあったようだ。

徐梅が時計を見ると、子竜の帰宅予定時刻にはまだ一時間もある。今年七十四歳だという千代を外に出すわけにもいかないし、千代はここに留まらせて、自分が話し相手になることにした。

「終戦の時には、大変な苦労をされたでしょう」

徐梅が一通り千代の事情を聞いてから、そう言った。

徐梅は五十八歳で、夫の子竜と同い年だ。終戦時は、わずか七歳で、「八路軍が来た」と両親が騒いでいたこと以外、ほとんど戦中戦後に関する記憶がない。

「日本が迷惑をかけたのですから、私が苦労するのも当然です」

千代が俯いて言った。それは、中国で生きる日本人の千代が、中国人から出来るだけ非難されないために、繰り返し唱えてきた言葉なのだろう。

徐梅は、もし千代が話すのが苦痛でないのなら、彼女の人生を少しでも垣間見てみたいと思った。

「千代さんは、戦争が終わっても、日本へ帰れなかったんですね？」

当然、だから千代はここ中国に居るのだが、それは千代から戦後の具体的な動向を聞くための誘導質問だった。

「ええ、そうです。私は両親と、十八歳の時に満蒙開拓団で黒竜江省の牡丹江にやって来ました。それから新京でタイピストの勉強をして、孫呉の日本軍師団本部でタイピストとして勤めていました。師団がフィリピン方面へ出征した折に、私は退職して牡丹江の家族の元へ戻りました。それから終戦を迎え、父は開拓団の部落長をしていたんですが、スパイ疑惑で八路軍に連行されて、そのまま帰って来ませんでした。母と私は二人の弟を連れて、他の開拓地に食料を求めて移動する最中、匪賊に襲われ、コーリャン畑を逃げ惑い、気付いた時には一人きりになっていました」

千代は一気に話をした。

「なんてことでしょう…」

徐梅は言葉を失った。儀友も黙って千代の話を聞いている。

「林の中に身を隠して、それでも匪賊やソ連軍の姿が見えたので、何度も持っていた短刀で自決することを考えましたが、できませんでした。結局、ひもじくなって、その短刀でクスノキの皮を剥いで口にしました。死ねないことが悔しくて、クスノキを必死に噛みしめました。生きようとする体に、どうしても脳が打ち勝てなかったのです。それから、気付いたらそこに眠ってしまって、たまたま通りかかったのが、中国人の夫だったのです」

千代は一気にそう話すと、乾いた老木が水を吸い込むように、お茶をゆっくりと飲んだ。

少しして、子竜が帰宅した。子竜は、誰かのお通夜のように深刻な顔で俯く徐梅と儀友、それに見知らぬ老婆の姿に、戸惑った。

「どうしたんだい。こちらはどちら様？」

子竜が徐梅に聞いた。

「千代さんという方だよ。どうか、彼女を責めないでやってくれよ」

気の短いところがある子竜を心配して、徐梅が言った。

「初めまして、千代と言います。私は日本人です。私の恋人が、以前、お父さんに命を助けて頂いたんです」

子竜は日本人という言葉を聞いて、ムッといやな顔をした。徐梅と儀友はヒヤヒヤしながら二人のやり取りを見ている。

「それで、何の用で？　父はとっくの昔に貴女の仲間に殺されましたよ」

子竜は苛立って嫌味を言った。

「本当に、申し訳ありませんでした」

千代はすぐさま席から立ち上がって、子竜に向かって深く頭を下げた。徐梅が慌てて立ち上がり、今にも折れてしまいそうな千代の細い体を支えた。

「アンタ、この人に酷いこと言わないでおくれ。この人の昔の恋人も、アンタのお父さんを助けられなかったことを悔いていたって、千代さんはこの歳で中国を離れるに際して、アンタにどうしても謝りたいって、海拉爾からわざわざ来てくれたんだ」

「俺は誰かに謝られたいなんて思っちゃいないよ。父親の顔だって覚えてないいんだから」

子竜は帰るなり叱られて、訳がわからないといった様子だ。

「まあ、とにかく座ってください」

子竜にも老婆を責め立てるつもりはなく、千代を席につかせた。

千代が話を続けた。

「彼はフィリピンへの出征が決まった際、身に着けていた軍用時計を私に託しました。もう会えないかもしれないと思って、形見のつもりだったんでしょう。だけど、その時計は壊れていて。戦争が終わったら、いつか、きちんとした、新品の動いている時計をプレゼントしますと、そんな希望はこれっぽっちもなかったけど、私に言ってくれたんです。その時に、張さんのお父様の張白さんが彼を助けてくれたこと、張さんがこの時計を欲しがっていたことを私に教えてくれました」

千代が握りしめていたハンカチを開くと、その中から古いミリタリーウォッチが現れた。

「へえ、お父さん、そのこと覚えているの？」

儀友が子竜に尋ねた。

「全く、覚えてないなぁ。日本兵が家に来たことは、ぼんやりとは覚えているけれど」

子竜が言った。

「で、その恋人は、元気なんですか？」

子竜が好奇心から千代に尋ねた。

「それっきり、会っていないし、生きているか死んでいるか、調べたこともないので分かりません。私は結婚して子どもも産みましたし。中国人の夫には、あの時救ってもらって、本当に感謝しているんです」

千代が言った。栄一郎を探さないことが、千代の夫に対する忠義なのだろう。

「でも、大切な、思い出なんですね」

儀友が言った。儀友は父親の子竜と違って、穏やかで気が優しい。

「ええ、そうなんです。大切な、思い出なんです」

千代が張の店を訪ねてから初めて、明るい笑顔を見せた。

「その時計、自分に見せてくれませんか？」

子竜が千代に頼んだ。

「もちろん」

千代が時計を差し出した。子竜は時計を受け取ると、作業台の方へ持って行って、老眼鏡をかけて時計とにらめっこを始めた。

「うちは自転車屋だけど、時計の修理もやってるんです」

徐梅が千代に教えた。

「兵隊さんの時計を欲しがったこと、覚えてないって親父は言うけど、どこかで頭の中に残っていて、今、時計の修理なんてものをやっているのかもしれないね」

儀友が言った。皆はなるほど、と頷いた。

十五分ほど経つと、子竜が得意げな顔で戻ってきた。

「見てください」

子竜の手の中で、時計はカチッカチッと音を立てて動いている。

千代のしわしわの顔が、ぱっと輝いた。

「動くんですね！」

「ええ、中のゼンマイが金属疲労を起こしていたんです。それでリューズが空回りしていたんですよ。分解掃除して、劣化した油を洗浄して新たに塗布しました。またいつか止まってしまうかもしれませんが、今は、この蘇った時間を大切にしてください」

子竜が千代に時計を手渡した。千代はそっと耳に時計を当てた。

「耳が遠いもので……。ああ、確かに、秒針の音が、聞こえます。なんて、心地いいんでしょう！」

千代は、まるで子竜たちの存在を忘れたかのように、いつまでも、うっとりと時計の針の音に聞き入っていた。

＊　＊　＊

小雪は儀友の口から語られる千代の一途な想いを聞いて、感慨に打たれている。千代は戦後もずっと、心の中で静かに、深く栄一郎を愛していたのだろう。そして、千代もまた、栄一郎にとってかけがえのない存在だったことを、小雪は今、確信している。

栄一郎が名付け親となった、UT2-YACHIYO。その「八千代」に呼応するのは、言うまでもなく「千代」だ。

離れ離れになっても、永遠の時の中で、「千代に八千代に」お互いを想い合おう。千代に渡すことが叶わなかった、新しい時代を切り拓く腕時計。栄一郎はその名に、秘めた想いを託したに違いない。

「あの千代さんという人は、おじいさんのことが大好きだったんですね」

儀友が微笑んで言った。

「私自身は、千代さんを存じ上げませんが、きっとそうだったのでしょうね」

「そういうわけで、祖父に関する謝罪というのは、千代さんからもう、して頂いているんです。亡くなった親父も、口には出しませんでしたけど、千代さんの清廉さに感動しているようでした」

小雪が少し困った様子で、UT2-YACHIYOをカバンから取り出した。

「これ、祖父が戦後に日本で開発した時計なんです。この時計を、張白さんの息子さん――つまり張さんのお父さんにお渡しするつもりで、日本からここまでやって来ました」

「そうでしたか。でも、その時計は、父が貰うべきものでもないように思いますけどね」

儀友がキッパリと言った。

「ええ、私も今、千代さんに関する話を聞いて、考え込んでしまったんです。祖父が張さんのお父様やおじい様に謝罪したかったのは、間違いありません。祖父は、亡くなる直前も、張さんのお父さんにこの時計を渡したいと言っていました。ただ、それって、本当は誰へ向けた想いだったのだろうと、少し混乱しています。祖父も、随分と壮大な謎解きを私にさせてくれるもんですよね」

小雪が言った。

「やはり、普通に考えて、千代さんに渡したいと想っていたのでしょうね。でも、それを孫娘である貴女や、奥様には言えなかった。だから、千代さんと会われていた時の記憶の中で、言葉を選ばれて、自分の想いをそれとなく発していたんじゃないかな」

小雪は至極、儀友の言う通りに思えた。

「千代さんを探すか…」

小雪は考え込んでしまった。

「それで、千代さんなんですけどね、実は、亡くなってしまったんですよ。日本に帰る前に」

儀友が言いにくそうに打ち明けた。

「ええ…。千代さんは日本に帰れなかったんですか?」

「はい、海拉爾に戻られて直ぐに、亡くなってしまったんです。私の母が千代さんの人柄に惹かれて、これからも連絡を取り合いましょうということになり、連絡先を交換したんですが。二か月後、千代さんの息子さんが亡くなったことを電話で母に連絡してくれました。病名は聞いていないのですが、うちへ来られた時には既に、何らかの病気を患われていたようです」

「それでは千代さんは本当に最後に、心残りを果たしに来られたんですね」

「そういうことでしょう」

儀友が俯いた。それから、小雪に言った。

「その、おじいさんが開発された時計を、見せてくれませんか?」

「ええ、もちろん」

小雪はUT2-YACHIYOを儀友に手渡した。

「軽いんですね」

儀友は時計の軽さに驚いている。

「チタンって、軽くて丈夫なのが特徴なんだそうです。一応、当時、世界で初めての純チタン製時計を、開発したそうですよ」

「チタンと言えば、近年は宇宙船の素材にも使用されていますもんね。おじいさんの開発が、今の社会の発展に貢献しているんですね」

儀友が感心して言った。

「秘められていたのは、個人的な恋心だったかもしれないけれど…」

「それはそれで良いじゃないですか。なかなか最初から、世の中のためにで、物事を考えられないですよ。身近な誰かを想って始めたことが、気づいたらたくさんの人の役に立っていたっていうのが自然です。何にしても、小雪さんのおじいさんは素晴らしい時計を開発されたんですね」

「良ければ、その時計、張さんに差し上げますよ」

小雪が提案した。

「いえ、私には、この時計に込められた想いが重すぎる気がします。申し訳ないのですが…」

儀友は小雪の提案を丁寧に断った。小雪は、時計の貰い手に相応しい人物が皆いなくなり、途方に暮れてしまった。

「また、私の父のように、その時計を欲しがる人に出会ったら、その時に渡せばいいのではないでしょうか？」

すると突然、小雪のスマートフォンが鳴った。トーリャからの電話だ。

「小雪、どこにいるんだい？」

「孫呉の套子よ」

「早く、黒河に戻っておいでよ！　もう一人の小雪が、今、ブラゴベシチェンスクにいるんだ！」

トーリャは興奮し切っている。

「モスクワの近くにいるんじゃなかったの？」

「親族に会いに来ているんだよ。連絡はついた。もしかしたら今日、そっち側に渡れるかもしれないから、早く戻って来るんだ！　分かったね？」

「分かった、今すぐ彼女のお父さんを連れて戻るわ。ありがとう！」

トーリャとの会話は日本語だったが、小雪の興奮した口ぶりから、それが朗報であることを儀友は感じ取った。

「何か良いことがあったんですね」

儀友が言った。

「ええ、探していた人が見つかって、黒河に来るって話なんです」

「それでは、早く行った方がいい。わざわざ、祖父と父のために、こんな辺鄙なところまで来てくださって、ありがとうございました」

儀友が頭を下げた。

「こちらこそ、千代さんのことを教えてくださって、ありがとうございます」

「さぁ、善は急げですよ。お気をつけて」

儀友に急かされて、小雪は儀友の店を後にした。


小雪はタクシーが戻ってくるのを待ちながら、栄一郎が生きた時間に思いを馳せていた。


栄一郎が戦争で目にしたもの——国境線で倒れた憲一の死、自分を救った張の死、レイテで散った今川の死、そして南国の激戦で失われた無数の戦友たちの命。

土をかける暇もなく、振り返る余裕すらなく後にしてきた無数の死。その先には、偶然生き残った自分の存在と、救えなかった命への痛切な罪の意識があった。

そして、何もかもが焼き尽くされた焦土の中で、「正しさ」の呆気ない崩壊を目の当たりにした。終戦直後の栄一郎は、頼るべき軍旗も、生きる道標も失い、ただの抜け殻となっていたに違いない。

栄一郎は、押し寄せる虚無感の中で、新しい時代を生き抜く理由を探していた。

「いい時計を作ろう」――それが、栄一郎の新たな存在意義となった。だから、一心不乱に、時計を作ったのだ。

やがて、二十数年の時が流れた。あの日、雪の中で壊れて止まった時計は、形を変え、今、自分の手の中にあった。

「時計を渡したい」――その言葉は、ただ張白や千代に向けられたものではなかったのだと、小雪は思った。

「時計」とは、人が今を生きる時間を実感し、時に過去を振り返り、未来へ思いを繋ぐために欠かせない道具である。

本来は見えない「時間」を、有限な人生を生きる人々に可視化する――その意義を、時計の製造に携わるものとして栄一郎は誰よりも理解していたのだ。

やがて、夏を乗せたタクシーが小雪の元に戻ってきた。

「話はできたのかい」

夏が小雪の顔を不安そうに見つめた。

「ええ、本人は亡くなっていたけれど、息子さんが対応してくれて。知らなかった祖父のこと、たくさん知れたの。ようやくこれで謎解きが終わった気がする」

小雪の晴れやかな表情に、夏も少し安堵の色を浮かべた。

「ところで、さっきロシアの知人から連絡を受けたの。小紅が、今日黒河に来るかもしれないって。今すぐ黒河に行きましょう！」

小雪は嬉しそうに夏に言った。

「俺が行ったら迷惑だよ…」

夏はまだ小紅に会う心の準備ができていないようだ。

「黒河を渡って来るってことは、夏さんに会いたいからに決まっているでしょ」

小雪は夏を励まして、力強くそう言った。

# 第十七章　黒河にて　三

（二〇二〇年夏　小雪）

小雪と夏は夕方、黒河に到着した。タクシーが吉黒高速道路を走る途中、トーリャから電話が入り、小紅が今日中にこちら側へ渡るのは難しいとわかった。しかし、引き返して明日出直すには、すでに孫呉から離れすぎていた。そこで、そのまま夏を連れて黒河へ向かった。

小雪は自分が滞在しているホテルに夏の部屋を手配し、少し早めの夕食に向かった。夏の妻がかつて黒河に入院していたこともあり、夏は黒河の街に詳しかった。

夜の中央商業歩行街は、黒河のどこにこんなに人がいたのだろうと思うほど、多くの人で賑わっていた。道の真ん中と左右三列に、軽食を販売する屋台や雑貨を扱う露天業者が所狭しと並んでいる。焼きトウモロコシ、焼きそば、ソフトクリーム、衣類、靴、ベルト、孫の手、生きた子猫、魚を捕まえる網まで、商品は実に多彩だった。

「すごい賑わいね！」

小雪がはしゃいで言った。

「黒河の夜市は夏の風物詩なんだ」

「なんだかみんな表情が楽しそう」

「冬になれば寒くて家からほとんど出られないから、夏の間、目一杯、外の空気を吸っておこうってことなんだろう」

「私、実の父と、お祭りに行ったことがあるのかもしれない。記憶違いかもしれないけれど…」

小雪が人混みをぼうっと見つめながら言った。

「小雪は、おじいさんとおばあさんに育てられたんだったね」

夏は小雪の祖父の話を聞いた時に、小雪の生い立ちについても理解していた。

「そう、父と別れたのはうんと幼い頃で、だから、父の顔すら思い出せないんだけど。この歩行者天国の賑わいを夏さんと見ていたら、急にそんな気がしたの」

「じゃあ、きっとそうなんじゃないかな」

夏が頷いて言った。

「今、中国のお父さんといるから、幸せな勘違いをしているのかもしれない」

小雪が笑って言った。

夜店で軽食を取った小雪と夏が歩行街を北へ向かって歩いていると、夏が「五金」の看板がかかった金物屋の前で足を止めた。そして、小雪に腕時計を外すように言った。

店の中にはバケツや清掃用具のほか、電球、電気コード、湯沸器といったちょっとした家電が置いてある。店奥でスイカを頬張る店主に夏が腕時計を渡すと、店主は手際よくケースの蓋を開け、中の電池を交換した。

店主が時間調整をした時計は、六時二十五分を差していた。小雪は渡された時計をじっと見つめ、分針が一つ動くのを見届けると、ようやく目を輝かせた。UT2-YACHIOYOには、秒針がないのだ。

「ありがとう、本当に」

小雪は店を出てから夏に言った。

「最後の最後に、小雪の止まった時計を動かす役目が務められて良かったよ。俺の部屋の時計を動かしてくれたのは、小雪だから」

「私たちってどうしようもない面倒くさがりなのかもね。これからは、自分の時計は自分で管理しなきゃね」

小雪は腕で輝くUT2-YACHIOYOを夏に見せて言った。

翌朝、小雪と夏は大黒河島のイミグレーションで小紅を待っていた。夏は緊張した面持ちでゲートを見つめている。

「ボートが着いたみたいね」

ゲートから出てくるロシア人たちを見て小雪が言った。夏は緊張した面持ちで人混みの中に小紅を探した。

やがて、主に中国人の中年女性で構成される団体客の中に、一人の若い小柄な女性が現れた。ジーンズに白無地のTシャツ、麻の大きめのトートバッグを合わせた、さっぱりとしたスタイル。原色の服を好む中国人女性たちの中で、そのシンプルな装いがかえって目を引いた。

小雪は、夏の表情を確認することなく、それが小紅に違いないと思った。異国の地で苦境を生き抜いた少女が行き着いた、恬澹《てんたん》とした姿が、小雪の頭の中の小紅のイメージと合致したのだ。

慎重に女性を観察していた夏は、後を追って駆け寄って来た小さな女の子に向けた女性の笑顔で、それが小紅であることを確信したようだ。女性は、首を横に傾げて、はにかむように笑う姿が印象的だった。

「小紅……」

夏が小さくつぶやいた。

小紅は少女を抱き上げた。裾がふんわりと広がった白い木綿のワンピースを着た、美しい巻き毛の少女は、母親と同じように、首を傾げて笑っている。小雪は二人の姿を見て、喜びで体がぎゅうっと縮こまるのを感じた。

夏は小紅に気付いてもらおうと、掠れた声を絞り出したが、その声は港に流れるアナウンスの音にかき消された。やがて、夏と小雪の姿に気付いた小紅が、ゆっくりとこちらに歩み寄って来た。

「お父さん……」

小紅は弱々しい声で夏を呼ぶと、堰を切ったように泣き出し、縋るように夏の腕を掴んだ。夏は顔を赤くし、涙を堪えて立っていた。

「少し離れたところに移動しましょうか」

二人が落ち着いて話せるよう、小雪は夏と小紅、女の子を連れて河沿いにある屋根付きのベンチへと誘導した。


三人はベンチに座ると、小紅がまず連れている女の子を夏に紹介した。

「私の娘。マリアよ。今年で四歳になるの」

小紅は、カバンから美しいコバルトブルーのハンカチを取り出して涙を拭った。

「ニーハオ」

夏がマリアに手を差し出して微笑んだ。マリアはちょうど人見知り期のようで、恥ずかしそうに小紅に体を擦り寄せた。

夏と小紅は、何から話せばいいのかわからず、黙って黒河の水面を見つめた。雁の群れが水面すれすれを一列に低く飛んでいる。二人は列の一番後ろを遅れて飛ぶ雁の姿が見えなくなるまで、それを目で追っていた。

「…今までモスクワにいたんだってね。随分遠くまで行ったんだな」

夏が沈黙を破ってそう言った。

「セルギエフ・ポサード。モスクワから七十キロの何もない小さな町よ」

「そうは言っても、きっと、腰屯郷よりはいいところだろう」

夏に皮肉の意図はなかったが、その言葉は小紅を困らせたようだった。小紅は申し訳なさそうに俯いた。

「セルギエフ・ポサードはいい町よ。もう八年住んでいるの。そこで私は、絵描き職人をしているの。夫はブラゴベシチェンスク出身のロシア人で、今はモスクワのホテルでレストランのマネージャーをしているわ」

「絵描き？」

夏は驚いた。すると、小紅はマリアに目配せをしてロシア語で何かを指示した。マリアは首からかけていたポシェットから、木製の人形を取り出した。ロシアの民芸品である、マトリョーシカ人形だ。

「絵描きって言っても、そんなたいそうなことではないの。工場でマトリョーシカの絵付けをしているだけよ。セルギエフ・ポサードにはマトリョーシカを製造する工場がいくつかあって、女性の絵描き職人がたくさんいるの。細かい作業だから、手先が器用な女性の方が向くのね。ロシア人の男性は手も大きいし」

マリアの小さな腕に抱えられたマトリョーシカは、赤、黄色、青で鮮やかに色付けられている。長いまつ毛をたくわえた大きな瞳は、絵本の中のお姫様のようだ。

「ねえ、お父さん。昔、お母さんが私に似顔絵を描かせたの、覚えてる？」

小紅が昔話をした。

「もちろん。あの絵は今も家の引き出しの中にあるよ。お母さん本人より、大分美人に描かれていたけどな」

「お母さんが、とびっきり綺麗に描いてって言ったから。あの時描いた絵と、今描いている絵、十六年経っても、ほとんど進歩がないかもね」

小紅が首を傾げて笑った。

「一番好きだったことが仕事になっているんだから、すごいことだよ。もちろん、今の方が上手だけど、確かにこの人形は、あの時のお母さんの絵に似ているかもね」

夏がマリアから受け取ったマトリョーシカを、手の中でくるりと回してまじまじと観察した。

「マトリョーシカって、以前、ロシアの農民の女性にマトリョーシャっていう名前が多かったから、そう名付けられたんだって。それも、元々はラテン語の『mater』、母に由来するそうよ。私、マトリョーシカを通して、ずっとお母さんを描いていたのかもしれない」

そう言って小紅は顔を曇らせた。母を亡くし、故郷から遠く離れた異国の地で小紅が、マトリョーシカに母を重ねて絵を描き続ける姿が脳裏に浮かび、小雪は胸を痛めた。十四歳の少女が故郷に思慕を抱かぬわけがなく、異国の地での暮らしには人知れぬ苦労があったに違いなかった。

小紅は、家を出てから今までのことを夏に打ち明けた。黒河にたどり着き、年齢を偽って「リエナ」というロシアンレストランでアルバイトをしていたこと、五つ年上の中国人と恋に落ち、人に勧められるまま十五歳でロシアへ行ってしまったこと。

夏は、小紅の話に一言も口を挟まず、黙って聞いていた。うなずいたり、手を擦ったり、聞いている意思は示しているが、夏にとって小紅が今日までどう過ごしてきたかは、深い関心ごとではないのかもしれない。きっと、ただ、生きてまた会えた、そのことだけで十分なのだ。

小雪は、夏と小紅を二人にする時間が必要だと思い、半ば強引にマリアの手を引いて、中国ロシア自由貿易区にあるデパートへと向かった。

見知らぬ人間に自分の体を触られることが嫌なのか、マリアは小雪が手を掴んでも、すぐに振り解いてしまう。小雪は無理強いせずに、マリアの歩調に合わせて、好きなように歩かせることにした。

主導権を得たマリアは、デパートの入り口に停めてある一台の自転車の周りに群がる子ども達の方へと足を進めた。

自転車の荷台にはクーラーボックスが積まれていて、中にはアイスキャンディーが入っている。マリアはアイス売りが次々と魔法のようにクーラーボックスから取り出す、さまざまな動物の形をしたアイスに釘付けになっている。

小雪はマリアに好きなものを一つ選ばせた。マリアはにっこりと笑って、手の中の熊の形をしたアイスを見つめている。

小雪はその隙にマリアをひょいと抱き上げてみた。先ほどまで人見知りをしていたはずのマリアは、アイスに夢中で抵抗しない。小雪は木陰のベンチまでマリアを抱いて移動した。

ベンチに腰を下ろしたマリアは、満足そうに熊型のアイスを舐め回している。そして、熊の耳にがぶりと噛み付いた瞬間、小雪が叫んだ。

「痛い！」

小雪は中国語でそう言うと、痛そうな表情をしておどけてみせた。マリアがキャッキャッと楽しそうに笑った。それから、小雪の顔色をうかがいながら、もう片方の耳に、いたずらな顔で噛み付いた。

「イタタタ！」

マリアはケラケラと笑っている。

「ねえ、痛いわけないでしょ！　これは、熊じゃなくてアイスなんだよ！」

マリアが笑いながら小雪に抗議した。

「痛いよ、この子は熊だもん。マリアが熊の子の耳を食べちゃったから」

小雪が言った。

「アイスなの。だから痛くないんだよ！」

今度はマリアが熊の顔をパクリと食べた。

「アイタタタ！」

マリアは大笑いしている。小雪とのこのやり取りが、気に入ったようだ。

アイスを食べ終え、マリアが小雪にすっかり打ち解けたところで、小雪はマリアにこう言った。

「ねえ、さっき見せてくれたマトリョーシカ、もう一回私に見せて」

小紅が描いたというマトリョーシカを、もう一度見てみたいと思ったのだ。

「いいよ」

マリアが、カラフルなマトリョーシカ人形をポシェットから取り出した。

「素敵ね。あなたのお母さんが描いたんでしょう？」

小雪がマトリョーシカを眺めながら言った。

「そう、だから私の宝物なの」

「私にも、宝物があるよ」

小雪がポケットからUT2-YACHIYOを取り出した。黄金色に輝く腕時計を、マリアは先ほど、箱から出てきたアイスキャンディーを目にした時と同じ瞳で見つめている。

「綺麗でしょう？」

マリアが頷いた。

「欲しい？」

マリアは、それを欲しがることがいけないことのように、恥ずかしそうに小さく頷いた。

「でも、もらったら、私、お母さんに怒られると思う」

マリアは居心地が悪そうに膝を爪でかいた。

「大丈夫よ。私も、これ、人からもらったの。この時計は、持ち主がない時計なの。マリアも、この時計をあげたいと思う人に会ったら、その人にプレゼントしてあげればいいわ。それまでは、この時計、マリアが預かっておいてくれない？」

「でも、やっぱり、お母さんに怒られるかもしれない」

マリアがボソボソと言った。

「だったら、こうやって、マトリョーシカの中に入れておけば、見つからないでしょ」

小雪は持っていたマトリョーシカを開いて、その中に腕時計をしまった。マリアのマトリョーシカ人形は、腕時計を収めるのにちょうどいいサイズだった。

「もしお母さんに怒られたら、その時は、私にお願いされたって言えば大丈夫だから」

マリアはようやく納得して、腕時計を収めたマトリョーシカを受け取った。

やがて、小紅と夏がマリアを迎えに来た。夏は今夜も黒河に留まることにしたそうだ。小紅は、もう何年も食べていないという、茴香の餃子を黒河で食べることを楽しみにしている。「小雪も一緒に」と誘われたが、親子水入らずで過ごすべきだと思い、辞退した。

小雪はしばらくの間、大黒河島に一人で残ることにし、夏一家が黒河の街へ向かう後ろ姿を、橋のたもとで見送った。橋の真ん中で、マリアがこちらを振り返り、何か叫んだ。しかし、小雪にはその言葉が届かなかった。

空を見上げると、先ほど水面を飛んでいた雁の群れだろうか。高く、V字の隊列を組んだ二十羽ほどの鳥が、青空を悠然と舞っていた。西へ向かったかと思うと、ちぎれた綿雲の端でふと旋回し、東の空へと進路を変える。鳥たちは、雲の合間を縦横無尽に飛び交い、隊列を崩してはまた整える。その姿は、風に流される波頭のように、刻々と形を変えながらも、一つの流れを保っていた。

空から長く伸びる、絹のベールのようなうす曇を仰いでいると、小雪は心の中が限りなく澄んだもので満たされていくのを感じた。

やがて、小雪のスマートフォンに呼び出しが入った。たま子からだ。

「ねえ、たま子さん、聞いてくれる？」

小雪は開口一番、興奮気味に言った。

「どうしたの?」

「祖父ったら、まだ隠している秘密があったの」

小雪は、黒河を越え、ブラゴベシチェンスクの先の方へ飛び去っていく鳥の群れを、満面の笑みで見送りながらそう言った。

完

# あとがき

本作『黒河の汀』は、私の祖父をモデルにしたフィクションです。

祖父は、中国東北地方およびアジア南方での戦争を経験し、戦後は日本に帰国して親族とともに東京と埼玉で時計ケースの製造業を営み、日本の復興に尽力しました。激動の時代を生き抜いた祖父の生き様には、深く思いを馳せずにはいられません。しかし、祖父の青春時代の中心であったはずの戦争について、私は祖父から直接話を聞く機会を持てませんでした。

祖父の没後、偶然見つけた手記には、戦争を生きた祖父の記憶が刻まれていました。手記を読み進めるうちに、祖父がどのような思いを抱え、何を伝えたかったのかを考えるようになり、次第にその思いが募っていきました。

私は、祖父の足跡を辿るために、手記を頼りに黒竜江省の黒河や孫呉を三度訪れました。広大な大地に立ち、冬の寒さに震えながら、祖父が生きた時代に思いを馳せることで、この小説の構想が固まっていきました。戦争という歴史の流れの中で、個人の運命がどのように翻弄されるのか。そして、それでもなお、人は何を守り、何を次の世代に託そうとするのか――本作を通して、その問いを描きたいと思いました。

一方で、本作を執筆するにあたっては、ひとつの懸念がありました。それは、日本の立場で戦争を描くことが、中国、その他の国の人々に誤解を招くのではないかという不安です。私は現在、編集者として中国と日本を行き来して生活しており、両国の関係が歴史的に複雑で、戦争に対する感情や痛みがそれぞれに根付いていることを理解しています。そのため、戦争という対立をどのように作品として表現するか、傷つけてしまう人がいないか、真剣に悩みました。

今、改めてこの作品を振り返り、表現が適切であったかどうか、いまだに自信は持てません。けれど、私はこの作品に、いかなる国の人々にも、愛に基づき、懸命に生きる日々があり、それは尊重されるべきものであって侵害されてはならないという思いを込めています。また、そのためには、相互の理解、対立ではなく対話が重要であると考えています。

本書が、戦争の時代を生きた人々の記憶を留める一助となり、また、過去を振り返ることで未来の平和について考えるきっかけになることを願います。

最後に、本作の執筆にあたり、黒河や孫呉を訪れた際に出会い、貴重な話を聞かせてくださった方々、旅の中で支えてくださった皆様に心より感謝申し上げます。

また、本書の出版にご尽力いただいた海外生活出版および田畑書店の皆様にも、深く御礼申し上げます。皆様の温かいご支援がなければ、この作品を世に送り出すことはできませんでした。

そして、本書を手に取ってくださった読者の皆様にも、心から感謝いたします。拙作ではありますが、何か心に響くものがあれば幸いです。

二〇二四年四月　黒竜江省ハルビンにて

新山　順子

**新山順子**

フリーランスライター

埼玉県狭山市生まれ。法政大学文学部哲学科卒。
2011 年より渡中。上海及び江蘇省でのフリーペーパーの
編集を経て、2017 年より上海にて広告会社を設立。
現在は日本と中国を行き来して生活している。

田畑書店


黒河《こくが》の汀《みぎわ》

2025年3月25日　印刷

2025年3月31日　発行

著 者　新山順子

発行人　大槻慎二

発行所　株式会社 田畑書店

〒130-0025　東京都墨田区千歳2-13-4　跳豊ビル301

tel 03-6272-5718　fax 03-6659-6506

装幀　田畑書店デザイン室

印刷・製本　株式会社ディグ





Printed in Japan

ISBN978-4-8038-0465-2 C0093

定価はカバーに表示してあります

落丁・乱丁本はお取り替えいたします